shoichi watanabe
渡部昇一

生き方の流儀

kunio yonenaga
米長邦雄

致知出版社

まえがき

渡部 昇一

米長先生との対談は何年かぶりである。楽しみにしていたことであった。

ところが対談し始めると間もなく、あの大地震が起こった。われわれは、ホテルニューオータニの三十七階にいた。「大船《おおぶね》に乗った気で」という言葉があるが、正に豪華客船に乗って荒れた大洋を航海するようなものだった。五十何年前にインド洋を貨客船で渡ったときに、時化《しけ》に遭ったときとそっくりの揺れ方であった。ホテルのシャンデリアも大きく揺れて天井にぶつかりそうであったので、若い編集者がテーブルに上って押さえなければならなかった。その揺れは異常に長かった。

われわれは一時話をやめてテレビをつけた。すごい津波の状況が報道されていた。それは唖然とさせられる光景だった（犠牲になられた方のご冥福をお祈り致します）。

しかし結局、われわれはホテルの避難指示の館内放送を無視して対談を続けることにした。三十七階の非常階段を降りて行って――エレベーターは止まっている――何をするのかもわからない。火も出ているわけでもないのに、降りて行ってもまた昇ってくるだけのくたびれもうけになるだけだと思ったからである。ときに余震もあったが、対談は極めて愉快に進行した。ホテルの調理場が動かなくなりルーム・サービスを頼むことができないので、スタッフの誰かがどこからか弁当を買ってきてくれたのを夕食にしたが、それもいい雰囲気であった。三十七階の階段を昇り降りしてくれた人は大変だったと思うが。

こういうときに私の頭の中に浮かぶのは、福原麟太郎先生の『かの年月』（吾妻書房・昭和四十五年）という本だ。これは昭和十九年十月一日（日）から昭和二十年十月二十日（土）までの一年間の日記である。つまり日本の敗色が顕著になりはじめてから敗戦、それから戦争直後のゴタゴタの二か月間に至る一年間の生活記録だ。

福原先生は英文学――当時の敵国の文学――の教授である。その福原先生とその周囲の人々、またその弟子たちがいかにその非常時に生きていたかである。福原先生は授業やゼミでは及ぶ限り平時の如く英文学を講じ、自宅でも読書をされている。空襲のために中断して防空壕に入ったり、登下校の電車が停まったり、弟子が出征したり、停電したりする。しかし先生は及ぶ限り平和時の如く勉強を続け、授業を続けようとしておられた。学徒勤労動員で軍需工業に行っている学生のためには、昼休みの時間にも英文学の話をしている。

当時の多くの人たちからは「そんなことをしてこの非常時に何になるのか」と思われたことであろう。しかし福原先生は国のお金で留学して英文学を研究する機会を与えられ、国から英文学教授として給料を与えられている。国から別の命令がこない限りは、本職の仕事を及ぶ限りやり続けるという御覚悟のようであった。

若い頃にこの福原先生の本を読んだとき、「自分がこんな非常時に遭うことはなさそうだが、何かあったときは、及ぶ限り先生の如く生きたいものだ」と思った。戦時に比べれば、東京のホテルで体験した地震などはとるに足らないことであった。

しかしそのとき、頭に浮かんだのは福原先生の日記のことだったのである。自分が今慌てて何をしようと、誰のためにも、何の役にも立たない。眼前の仕事を続けるのがよいのではないか。

米長先生も致知出版社の人たちも同じ気持ちで、対談は深夜まで続けられたのである。

この対談ではもう一つ感慨を誘い起こされることがあった。致知出版社のため、この前米長先生と対談して本をつくったとき、今の藤尾社長は編集長であったが役員ではなかったと思う。今の柳澤専務は若い一女性社員であった。あの時の対談のあとで、米長先生や柳澤さんと一緒に新宿のバーに行った。そのとき、私は初めて柳澤さんと同席して話す機会を持ったのであったが、本当に驚いた。それまでもいろいろな女性編集者と話をしたことがあるが、これほど謙抑で、品がよく、頭が明晰な女性には出会ったことがなかった。聞けば上智でドイツ哲学の卒業論文を書いたとのことであった。

あれから何年経ったであろうか。藤尾さんは社長になっている。この人は『致知』と人間学のために生まれてきたような人であるから、「天から梯子《はしご》」が降りてきて社長になられたのもわかる。また柳澤さんが専務として社長の名補佐役になっておられるのも「天からの梯子」みたいなことなのであろう。

米長先生と私は今回も運命について語った。そして運のための天のルールがあるのではないかと二人で推測した。地上のことは大抵因果律のルールで説明できるが、運にはそれとは別の次元の話が加わるようである。

米長先生も私も幸運に恵まれた人間のうちに入るであろう。藤尾社長も柳澤専務も、そして致知出版社自体も幸運に恵まれているように見える。

豊臣秀吉は家来を召し抱えるときに、その男が運のよい者であったかどうかを重んじたという。秀吉は体験的に戦場では運が大事であることを知り、運のよい者たちを近くに置くこと自体が、幸運を招くことが多いことを知っていたらしい。

致知出版社はいつの間にか気がついてみると、運のいい人たちによる、運のいい人たちの本を出す、いい運を求める人たちのための出版社になっているようだ。

読者の方々もこの出版社の出す本に接することによって、天上の幸福を引き寄せるルールに乗ることができるのではないだろうか。

原稿の整理に当たられた同社の髙井真人氏の労に感謝します。

平成二十三年五月

生き方の流儀＊目次

第三章　若くして学べば壮にして成すあり～青少年期の過ごし方～

第四章　一歩抜きん出る人の仕事の流儀

第五章　いかにして財を為すか

第六章　夫婦のあり方～家庭の流儀～

第七章　老・病・死に対して～老いの流儀～

第八章　一流への流儀

装　幀——川上成夫
写　真——坂本泰士
編集協力——柏木孝之

第一章

『人間における運の研究』その後

幸運は目前の事柄に全力投球する人に訪れる

米長　渡部先生とは以前に対談をさせていただいて、『人間における運の研究』という本を致知出版社から出しました。あのとき私は五十歳で、七回目の挑戦にして初めて将棋の名人位を手に入れたところでした。

渡部　そうでしたね。若い逸材が続々と登場する将棋の世界で、五十歳にして名人位につかれたというので、社会的にも大きな話題になりましたね。

米長　早いものであれからもう十七年ですか。現役を退いて七年になります。

渡部　今は日本将棋連盟の会長を務められている。将棋一筋の人生ですな。

前回の対談のとき、非常に印象的だった話があるんです。確か米長先生は、勝っても負けても大勢に影響のない、いわゆる消化試合で手を抜くような心がけの者は、必ず運が落ちるという趣旨のお話をされましたね。

米長　幸運の女神に微笑《ほほえ》まれるには目前の事柄に一所懸命になることだとお話ししま

した。それに加えて、たとえ消化試合であってもすべてをさらけ出して全力で戦うことが、結果的に幸運の女神に好かれることになるのだと。

渡部　それを米長哲学といわれていますが、あれはいいお話でした。私にとって教訓となりましたね。これは、あらゆる人の人生に通用する黄金律といっていい。

米長　あの話をもう一回ここで再現しますと、根底にあるのは「人間はなんのために生きるのか」という生き方の流儀の問題なんですよ。

私は勝負師ですから、真・善・美でいえば、「真」を求めている。真実を追究して最善手を指せば勝つということの積み重ねで、将棋の世界は成り立っているんです。それは、知・情・意という言葉でいうならば「知」ですね。情と意はそこには入り込む余地がない。それだけ純粋に真を求め、知を突き詰めている。

渡部　将棋というのはそういうものですね。

米長　私は将棋で生きているから、一番の本分はそこにあるわけです。これは政治家なら政治家の、学校の先生なら先生の、それぞれの本分というものがあるわけですね。その本分を大切にすることが、運を呼び込むことにつながるのだと思います。

将棋の降格制度を導入すれば相撲界は改革できる

米長　今、相撲界が八百長問題で揺れていますが、あれはこの眼前の試合に全力投球するという哲学に反するから運が逃げたと思うんですね。

もし私が相撲協会を改革するとしたら、第一に消化試合でも一所懸命に戦うという哲学を押し通すこと、それからもう一つは、最初から昇格降格のルールを明確に定めておくことをすすめます。

今のシステムだと、十両であれば百三万円の給料をもらえるけれど、幕下ならばゼロになってしまうわけです。つまり、十両と幕下では年間に一千万円以上収入が違ってくる。それを考えれば、一度十両に上がった力士は、そりゃ落ちたくないでしょう。たとえば星を買うために百万使ったとしても、年収の一割ですからね。ゼロになることを考えればなんてことない。

渡部　収入の十分の一のコストですからね。

米長　その結果、お互いに助け合う風土が生まれたのでしょう。今月は危ないから勝たせてくれ、その代わりあんたが危なくなったときには負けるから、とね。

それをなくそうと思えば、場所ごとに必ず何人落として何人上げると決めてしまえばいい。そうすると八百長はなくなるんです。

渡部　それはいい案ですね。将棋連盟はそういうシステムをとっていますね。

米長　はい。そうなんです。将棋のリーグ戦では、たとえ勝ち越しても順位によっては降格します。しかし相撲の場合は、八勝七敗と勝ち越せば番付を落とさないでしょう。ですから、番付下位の力士が八勝七敗で勝ち越すと下に落ちる人がいなくなってしまい、幕下からで勝ち越して十両に上がれるはずの人も上がれなくなってしまう。

そこで、たとえ勝ち越しても、番付上位の力士がみんな勝ち越していれば、番付下位の力士から自動的に降格するようにすればいいんです。勝ち越しても降格する可能性があれば、誰も帳尻合わせの八百長なんかやらなくなります。

渡部　なるほど。それは確かにそうですね。

米長　そのようなシステムにして、必ず五人くらいは入れ替わるように決めれば、もう八百長はできません。もしも怪しい取り組みがあれば、落ちた力士が指摘するはずです。どうもあの一番はおかしい、あれがなければ自分は落ちなかったはずだ、というのが必ず出てきます。

渡部　とくに十両の場合はテレビにほとんど映らないから、八百長がやりやすかったと思います。だから、ほとんど半永久的に十両にいる力士がいましたよね。

米長　自分の本業であるにもかかわらず、真剣勝負を怠ってしまった力士が何人かいた。だから運が落ちてしまった。個人の運が悪くなるのはもちろんですが、相撲界全体の運が落ちてしまったわけです。

渡部　運を逃さないためには、消化試合でも一切手を抜かずに頑張らなくてはいけないというわけですね。

将棋盤の上には運気を司る女神がいる

米長　将棋の世界では、負ける原因というのが二つあるんです。一つはスランプです。

子供の頃とか、アマチュアの頃は実力がないから、負けるのは単に実力の差なんですよ。強くなろうとしたら、将棋を一所懸命やらなくてはいけない。

ところがプロになりますと、いくら将棋を一所懸命やっても、もうあまり強くならないんです。ところが時に、あの実力であの成績はおかしいじゃないか、というような場合がある。これはスランプが原因で負けているわけです。野球でもゴルフでも、同じようなことがあると思うのですがね。

スランプというのは、本来の自分自身の能力が発揮できない状態です。発揮できない理由は何かというと、だいたいは精神的なものです。知・情・意でいえば情と意の部分、つまり感情、意志、あるいは欲望といったものをうまく制御できない。それによって本質が発揮できない状態をスランプというわけです。

渡部 本分としては知の世界なのに、情・意の世界が絡まってマイナスに働いてしまうということでしょうか。

米長 一番いけないのは、それらの追究を忘れて俗に流れてしまうこと。たとえば、感情に左右されて震えたり焦ったりしてしまう。あるいは、勝ったらいくらになるとか、負けたらどうしようとかと考える。さらにいえば、持っている株が上がったとか下がったとか、浮気がばれそうだとか、夫婦喧嘩をしているとか……。要するに将棋に打ち込めなくなって負けるわけです。

では、そうしたスランプに陥ったらどうすればいいのか。スランプというのは、心・技・体でいえば心、精神的なものですから、将棋を離れる必要がある。将棋を離れて、精神的に空っぽの状態、無心の状態にする。単に実力がなくて弱いときは将棋を一所懸命やればいいのですが、プロの場合はそれでは問題は解決しない。処方箋が全く違うんです。

渡部　なるほど。

米長　それからもう一つの負ける理由は、相手と自分の間に力の差がある場合です。プロの場合はもう強くなりませんので、お互いが自分の持っている力を百%発揮して、それでも勝てない場合は、その相手には勝てないんですね。そうしたときには、自分の能力だけ発揮できればいいと考えるしかない。それが将棋盤の手前にいる自分の生き方なんです。将棋盤を真ん中に挟んで、真実を追究する場が将棋の対局なんですね。

ところが、将棋盤の向こう側には相手がいます。だから、将棋盤の手前の自分だけが真の世界とか知の世界に入り切ることはなかなかできない。ついつい将棋盤の向こうの人間の都合を考えてしまう。負けたらリーグから降格してしまってかわいそうじゃないか、勝ったら憎まれるんじゃないか、といろいろ考える。しかし、それによって運気は落ちていくんですね。

将棋盤の上には運気を司る女神がいると私は思っているんです。その女神に嫌われることをした人が不幸になるというのが、私の運についての一番基本的な考え方なんですね。

渡部　その話は非常に説得力がありますね。私はもちろん、将棋については米長先生の爪の垢にも及ばないのだけれど、大学時代、夏休みに故郷に帰ると、仲間とよく将棋を指しました。すると、帰った当日とか翌日くらいは私が勝つのですが、三日目くらいから勝てなくなる。なぜかというと、勉強しなきゃならんなという気持ちが起こってくるからなんです。

夏休みの最初の一日二日は、どっちみち休みだという気持ちで将棋に集中できるのですが、二日くらいたつと、あれもしなければいけない、これもしなければいけない、と考えるようになる。それで将棋に集中できなくなる。これはプロの世界から見ると話にもならないでしょうが、将棋盤の上に女神がいるという考え方は、アマチュアにも通用することだと思いますね。

「神仏は尊ぶべし、頼むべからず」

渡部　勝負師というものを考えたとき、私は、宮本武蔵という人の生き方を思い浮かべるのですよ。そして、近代になってから武蔵に一番近い生き方をしたのは戦闘機のパイロットだと思うのです。今から四十年ほど前に、坂井三郎さんという零戦パイロットが書いた『大空のサムライ』という本が英語で出版されました。そのとき私はたまたまアメリカにいたのですが、スーパーマーケットのレジのところに本が積んであるほど売れていました。

私はそれまで坂井三郎という方を知らなかったのですが、読んでみると、パイロットとはこういうものかと感嘆しました。それは本当に宮本武蔵そのものなんです。一番の共通点は、敗者復活がないということですね。将棋は敗者復活がありえますね。今回は負けたけど次は勝つというね。バレーボールでも、サッカーでも、野球でもそうです。ところが、絶対に敗者復活がないのが、武士の真剣勝負と戦闘機のパイロットなんです。

米長　なるほど、死んだらおしまいですからね。

渡部　そうなんです。パイロットは相撃ちでも死ぬんです。今回は落とされたけれど次は落とされないようにしよう、というわけにはいきません。そうすると、道は二つに一つしかない。必ず勝つか、それとも逃げるか。宮本武蔵はまさにそういう生き方をした人ですね。

この坂井三郎さんの本は幸いにして世界的なベストセラーになったため、それ以後もいろんな本が出版されました。私はそれらを丹念に読みましたが、一つ気づいたことがあります。それは、必勝の信念は初めからあるものではない。ありとあらゆる準備をして、もうこれしかないとなったときにそれが結果的に必勝の信念になる、ということです。

武蔵は吉岡一門と何度か戦っていますが、最後の決闘場所に向かうときの有名な話があります。最初に戦ったときは遅く行って勝ったので、今度は早く行ってやろうと考えたわけです。すると決闘場所に行く途中に八幡神社があったので、武蔵はそこで勝利を祈ろうと思ってハッとするんですね。勝ちを祈るようではだめなのだ、と。そして「神仏は尊ぶべし、頼むべからず」といって、神頼みを一切なくして必勝の手を考える。そして勝つわけですね。

それから巌流島での佐々木小次郎との決闘もそうです。武蔵は最初、巌流島の近辺にある刀屋や刀鍛冶をまわって刀を探すんですよ。腕前が同じくらいならば、長い刀を持ったほうが有利だ。そして、小次郎は物干し竿と呼ばれる長刀の使い手である。それに匹敵する刀を手に入れないと勝てないと武蔵は考えたのです。

ところが、小次郎の長刀に匹敵する刀はどこにもないんです。武蔵は悩みに悩んだと思いますが、その結果、ついに悟りに至ります。自分の腕であれば、武器が刀であろうと棒であろうと相手を打てば必ず相手は死ぬだろう、と。それで、櫂《かい》だったか艪《ろ》だったかを削って木刀にする。これならいくらでも長くできますからね。そして、その木刀で小次郎に勝つんです。

だから、武蔵という人は、怠りなく徹底的に準備をしたわけですね。これ以上準備できないというくらいまで考えることが、とりもなおさず勝利すなわち運になったわけです。これは生か死かという究極の勝負の世界の話ですけれど、敗者復活がない厳しさから私たちが学べることはたくさんありますね。

神仏とはこうして付き合え

米長　武蔵の「神仏は尊ぶべし、頼むべからず」という言葉に倣《なら》うならば、私は「神仏にお参りするけれど頼まない」ですね。神社仏閣にはよくお参りするんです。でも、何かを頼んだということはない。そこの御本尊に「元気ですか?」と声をかけるんです。そして「あなたも大変だなぁ、十円玉一つで三つも四つもお願いする人がいるからねぇ。ご苦労様」といって出てくる。

そうすると、声が聞こえるような気がするんです。「米長さん、何か頼みごとがあるんじゃないの？」って。そこで私は「頼みたいことはあるけれど、忙しそうだからいいよ。それじゃまた」と（笑）。

神仏が友達みたいなものだというと、おかしいんじゃないのかといわれそうですが、よくしたもので、その積み重ねがどこかで出てくるんです。いつか暇なときにアイツを助けてやろうと、神様が出雲かどこかに集まって相談しているのかもしれないな。

渡部 あいつ、卑しくないと。しかも元気かと聞いてくれたと（笑）。

米長 「元気か」なんて聞いてくれた人が他にいるか、何か一つ助けてやろうじゃないか、と（笑）。その助けが人生のこの一番というときに出てくるんですよ。

渡部 それは面白い。

米長 あっちの神社もこっちの寺もと、いくつも頼んでいれば叶うものも叶わない。だから、私にいわせれば、武蔵はまだその域には達していない（笑）。

渡部 あの頃の武蔵はまだ二十代ですからね。八幡様に向かって「元気ですか」とはいわなかったでしょう（笑）。まあそれでも、「神仏は尊ぶべし、頼むべからず」というのはいい教訓ですね。

消化試合こそ全力投球をする

渡部　私の住んでいる世界は、勝っているか負けているかわからないようないいかげんな世界ですけど（笑）、それでも武蔵的な気持ちを心の隅に持つのはいいことだなと思います。

たとえば、私の場合であれば、いろんな出版社や団体から原稿を頼まれます。するとたまに全く無名の小冊子に書いてくれという依頼がくることがある。嫌なら断ればいいわけですが、一度それを引き受けて書くとなれば、無名の雑誌だから適当でいいという気持ちで書いてはいかんのですね。文春か朝日に書くような気持ちで書かないといけない。

米長　それは素晴らしい心がけですね。原稿を書くというのは先生の本業の一つでしょうから、それについては手を抜かないというわけでしょう。

渡部　若い頃は生意気で、同人誌みたいなものにはいい加減に書くようなところがあったのですが、あるときからこれはいかんと思うようになりました。

米長　それは「消化試合こそ真剣に」という考え方と通じますね。

渡部　むしろ、消化試合こそ全力投球するくらいでないとだめだと思います。それでないと、運を引き寄せるどころか、運から見放されてしまう。これは勝負の世界と共通していることでしょうね。盤上の女神のお話にも当てはまると思います。

米長　そうですね。そういうものが確かにありうるんですね。

下り坂をいかに上手に降りていくか

米長　最初にもいいましたが、『人間における運の研究』が出たのは私が名人になったときでした。名人位をとったというのは、自分の将棋人生においてピークといっていいでしょう。そして、ピークを過ぎれば当然、下り坂が待っているわけです。

そこで今度は、いかに下り坂を降りていくかを考えなくてはいけない。頂上にいつまでもいる努力をするのはもちろんですが、必ずいつかは下らなくてはならないわけですからね。そして、山登りでも人生でも、上り坂のときよりも下り坂のほうが、その歩き方は何倍も難しいはずなんです。

渡部　そうです。

米長　上手に下るのは本当に難しいですね。あのとき私は、六十歳で方向転換をするというふうに決めたんです。六十というのは、名人位をとってから、ちょうど十年ということですね。それまでの十年をかけて、違う山へ下ろうと考えたわけです。

下り坂を上手に降りるためには、節目を大切にしなければなりません。ですから私は、六十歳以後、五年を一つの節目として考えました。六十五歳、七十歳、七十五歳、八十歳という具合ですね。この五年ごとの下り坂をどういうふうに降りていくか。

棋士でいえば、山を下るとは将棋が弱くなるという意味です。将棋が弱くなって、しかし弱くなったなりにベストを尽くすことです。六十になるまでの十年間、私は棋士として山を下ってきました。そして六十になったとき、もう棋士として山をとぼとぼ下るのはやめようと思ったのです。それで、ロープウェイか何かでサーッと降りてしまった（笑）。つまり、現役を引退したんです。それで、今度は違う道に行こうと考えました。

経営者として将棋界に貢献する

渡部　違う道というのは、どういう道を考えておられたのですか？

米長　いくつか選択肢がありました。たとえば国会議員に立候補して、当選できれば議員生活を送るというのも一つの選択です。しかし、私の選んだ道は、将棋界へのご恩返しでした。それで、二〇〇三年に日本将棋連盟の専務理事となり、二〇〇五年に会長になったわけですね。この五月に総会がありますが、引き続き私が会長を務めることになっています。

日本将棋連盟は今、公益法人として認可されたばかりの大変な時期なので、「あなたが会長でなければだめだ」といわれ、私自身も、「今回は俺じゃなきゃだめだ」と不遜な考えを抱いている。先生との対談で、私は「運命の女神に微笑まれるには、笑いと謙虚さが大切」といったと思いますが、謙虚さのカケラもない。俺でなきゃだめだと、まるで独裁者みたいですよね（笑）。

でも、だいたい世間一般で「俺でないとだめだ」という人は、権力とか、高額な報酬とか、名誉とか、何か自分が得することがあって地位に居座るものでしょう。ところが、連盟の会長の場合は、報酬が少ない。もっと高くすべきだという意見もありますが、それをやると運が悪くなると思うのでやらないんです。それに名誉ももう十分で、これ以上有名になる必要はない（笑）。権力といっても、公益法人になったあとの体制の礎《いしずえ》を築くのは自分の責任としてやらなければならないという思いがあるからやるだけです。だからあえて会長職を続けることにしたのです。

その任期が七十歳まで続く。ですから、六十から七十までの十年間、私は将棋連盟への御恩返しとして経営者として生きたということになるわけですね。

渡部　なるほど。将棋連盟の経営ですな。

米長　ええ。会長になったときには、われわれの団体の規模だから知れていますけれど、結構な額の赤字がありました。それを私は単年度で黒字にしたんです。

渡部　それは大したものだ。

経営の秘訣は「人に好かれて憎まれる」こと

米長　赤字を黒字に転換するのは簡単なんですよ。収入を増やして支出を減らせばいいわけですから。そしてそのためには、人に好かれて、なおかつ憎まれることなのですが、これは非常に難しい。

まず、収入を増やすためには人に好かれないとだめなんですね。各地を回って免状を与える代わりに寄付をしてもらう。あるいは支部会員になってもらう。そのときに「米長さんがそういうなら」となるためには、ニコニコして頭を下げて、相手に好かれなくてはいけない。収入を増やすというのは、好かれるってこととイコールなんです。

一方、支出を減らすためには憎まれなくてはなりません。その究極はリストラです。「あなたは働きが悪い。あと一年は面倒をみるけれど、今と同じならやめてもらうよ」というように、ここが悪い、ここが悪いと問題点を指摘して、「これで人間的に成長しないならやめてもらいますからね」と最後通告を出す。でも、一年たっても、だいたい人間は変わらないものなんですよね。

渡部　まあ、そうでしょうな（笑）。

米長　ただし、将棋で年がら年中負けている人に「あなたは勝ち星が少なすぎる」とか「タイトルをとれたらいいけど、とれなければやめてもらうからね」なんていいません。そんなことといったって勝てるようになるわけではない。

職員にだって「こういうふうに働け」といってもだめなんですよ。だから、具体的に指摘していきました。まず最初は電話のとり方です。ある職員が電話で話しているのを聞いていると、「ああ、ああ」と返事をしているわけです。そこで電話を切ったあと、誰と話していたのかと聞くと、某県の某支部の人です、と。

支部というのは大切なんです。支部会員は毎年お金を納めてくれていますからね。額は三千円の人もいるし十万円の人もいるのですが、その会費がみんなの給料になっている。われわれは支部の人たちに食べさせてもらっているわけです。ところが、本部の職員は、支部より本部のほうが偉いと思っている。役所と同じですね。

だから、私は「今度そういう電話の応対をした場合は辞表を書いてもらうよ」と通告しました。そして「はい、こちらは日本将棋連盟の何々です。はい、承りました。担当者から後日、できるだけ速やかにお返事いたします」というふうに対応するんだと教えるのです。そしてで、ときどき私が電話をして、ちゃんと応答できるかを確かめる。

渡部　（笑）

米長　まあ、そんな具合です。結局、電話の応対から箸の上げ下ろしまで指導しました。その目的は単純で、お客様本位にするということだけなんです。本部が一番下なのだと理解させる。

たとえば支部長会議をすると、大勢支部長が集まってきます。すると、普通の組織であれば会長が一番偉いから、上座に座って会議を開きますね。そのあとで宴会となると、会長が当然のごとく上座に座ります。私はその慣行を変えたんです。宴会のときは、出入り口のほうに本部の席をつくったんですよ。お客様である支部長が上座に座り、本部職員は全員末席に座るようにした。

そういう席にして少したった頃、プロ棋士が支部の人たちにお酌をして回るようにしました。タイトル保持者が「わざわざ遠くから来てくれてありがとう」と挨拶しているんです。支部の人たちも「変わったなぁ」と思ったでしょう。

渡部　そうなると、三千円よりも五千円出そうかということになるわけですな。

米長　そりゃもう、来年もやろうとか、もっと人を増やそうとか、全然違いますよ。これが相手に好かれて収入を増やすということですね。

こういうふうに、好かれたり憎まれたりいろいろやった結果、単年度の黒字額は増えてきました。だからここ数年の間で棋士の収入は少しずつ増えています。この不況のときに収入が増えるというのは大変なことですから、連盟の雰囲気としては、まあ大改革もやるけれどもひどいことにはならないだろう、米長を信用してみるか、というようになってきています（笑）。

これが私の六十歳から七十歳までの経営者としての生き方です。

確率を超えた出来事が起こる

渡部　経営者というのは、運によって左右される要素がかなり大きいと思います。それで私は、経営に携わる人たちの書いたものに非常に興味があるのですが、元ソニーの開発者で経営者でもあった天外伺朗《てんげしろう》さんが面白い話を書いています。

簡単に紹介しますと、それは年に二、三回だけ発生する上昇気流の話なんです。そのときにグライダーに乗ると、いつもは上がれないところまで上昇できるのだそうです。天外さんは学生のとき、その体験をするんですね。しかし、せっかく高く上がったけれど降下する場所を調べておかなかったから、結局同じところに降りてきて、飛行距離を伸ばすことができなかった。

それで彼は、もしもう一度チャンスがあるならばどこに降りようかと地図を見て考え、車でほぼ関東全域を回って、あの辺なら降りられるなと丹念に調べていったそうです。

しかし、その気流は年に二、三度しか発生せず、しかも、そのときですら気流にうまく乗れるグライダーは一機しかない。だから確率的には非常に低い。ところが翌年、それに当たった。今度は下調べをしてありますから、遠いところまで飛べたというのです。

天外さんはソニーでCDやロボットなどを開発していますが、このグライダーと似たような体験を開発の現場で味わったといいます。つまり、すごい開発をしたときは、それとは直接関係ないけれど自らの内発的な関心でやっていたことが生きてきたというのです。

米長　なるほど、面白いお話ですね。

渡部　この話を読んだとき、本当にそういうことがあるのだな、と思いました。実は、私も似たような体験をしていたからです。でもそれは自分だけの体験で、普遍性があるとは判断できかねていたのです。

それは上智大学の一年生の頃の話です。私は英文科の学生だったわけですが、ある偉い先生が「英語学はドイツのほうがイギリスより五十年進んでいる」とおっしゃったのです。これは、英語学をやるのならドイツ語が必要だよと、示唆しているようなものです。しかし、当時は英文科の授業だけでもふうふうの状態で、とてもドイツ語にまで手が回る状況ではありませんでした。戦前の英文科は英語が書けて読めればよかったのですが、戦後になると会話までできなければならなかったからです。

そのうえにドイツ語まで勉強する暇はとてもない。みんなそう感じていたと思います。しかしそのとき、先生の言葉を聞いた私は、素直に「それならドイツ語もやろうか」と思ったんです。そして、それから四年生まで、ずっとドイツ語の単位を取り続けました。英文科では私一人でした。そのあと大学院に進んだのですが、英文科の大学院にはドイツ語の授業はありません。それでも私は、全くの独学でぽつらぽつらとドイツ語の勉強を続けていました。

ただ、英語は専門だから字引を引くのは嫌だとは思いませんでしたが、ドイツ語まで引くのはさすがに嫌だと思いました。もっと気軽に勉強する方法はないかと考えていたときに、神田の古本屋で、読んだことのあるサミュエル・スマイルズの『セルフ・ヘルプ』という英語の本のドイツ語翻訳本を見つけたのです。私はひらめきました。英文とドイツ語訳を比べて読めば単語を引く手間が減るのではないか、と。

ドイツ語版は意訳だったので完全に対照できたわけではないのですが、それでも一応見比べながら読んでみました。この箇所はドイツ語ではどういうのだろうと思って見ると、実にうまい言い方をしていたり、ドイツ語のこの表現は英語ではどういうのだろうかと見ると、なるほどという表現をしているんですね。

そんなあるとき、大学院の院長先生のところにある用事で行くと、ドイツ語の、雑誌だったと記憶していますが、「君、ここの部分をちょっと英訳してみろ」といわれました。見ると非常に訳しにくいドイツ語でした。ところが、そこにある単語がまさに前夜読んでいたドイツ語版『セルフ・ヘルプ』に出てきたものだったのです。私が当然のようにきれいな英語に訳すと、先生は「君、ドイツ語できるんだな。ドイツに行くか?」と聞かれたのです。私は一も二もなく「はい」と返事をしました。それで、ドイツ留学が決まったのです。

米長　うーん。

渡部　その後、だんだん事情がわかってきました。ドイツの大学の総長が上智大学にきて、経済的な援助が必要なら援助するぞと申し出ていたのです。当時のドイツはいち早く戦後復興が進み、非常に景気がよかったんですね。それに対して、当時の上智の学長さん――神父さんですけれど――が偉い方で、「経済援助はいらないから、留学生をとってもらいたい」といって、二人の枠をもらうことになったのです。

一人は独文科の助手が決まりました。これは何も問題ない。もう一人は経済学科の助手が選ばれたのですが、全然ドイツ語ができない。少なくとも一年くらいは特訓をしなければならないというレベルだった。それでどうしたものかと検討していたところに、ドイツ語を即座に訳せる学生が現われた、と。つまり私のことなんですが（笑）。

院長先生は英文科の教授でしたが、ドイツ人だったんです。ロンドン大学で勉強した方で、英語学はドイツのほうが優れていると知っておられたから、私に「ドイツに行くか」と聞いてこられたわけですね。

これは偶然も偶然で、確率を超越している出来事です。昨夜読んだ本の中に出てきた単語で、しかも「これはどう訳すのかな」と首を捻っていた言葉を、その翌日再び目にして、それを訳すように求められたわけですからね。

　この体験も含めて私が天外さんの本を読んでわかったのは、自発的に面白がってやっていると、それが全く別のことで役立つケースがあるということです。ドイツ語の単位をとることも強制されなかったし、いわんや大学院に入ってからは英語だけですから、ドイツ語をやる必要は全くなかったのです。それなのに、英語学をやるにはドイツ語も知らなければといわれてこつこつ続けていたところ、それが思いがけないところで役立ったわけですね。

米長　その先生は驚いたでしょうね。あ、自分よりうまいんじゃないかと。

渡部　院長先生は戦前の旧制高校から教えておられたドイツ人なんですよ。だから日本人の学生の学力はよく知っているんです。うまく英訳できたとしても、たどたどしい英語であろうと予想していたと思います。ところが、文句のつけようのない見事な英語に訳したわけですから、おっと思ったでしょうね。それで即、留学生に決まったのですから、これは確率を超えているとしかいえません。

米長　そういうことがあるんですねぇ。

世の中のルールとはもう一つ別のルール

渡部　一つそういうことが決まると、また別に生きてくることがあるんです。やはりその前後の話ですが、オクスフォード大学から学寮長の偉い先生が上智大学を訪ねてきました。明日には帰るという日に、南回りでインドあたりを経由して帰るので、予防注射をしなければならないというわけです。

それで大学が車を出して、誰か通訳をつけて、予防接種をする場所に案内することになりました。そのとき、そのオクスフォードの大先生の世話をした教授が通訳を探していて、私がついてゆくことになったのですが、それも偶然、大学の中の通りを歩いていたら、「君でいいや」といった具合でした。

私はオクスフォードの先生について、半日、車であちこち回りました。終戦間もない頃で、車に乗ったことがほとんどなかったうえに、相手はオクスフォードの学寮長ですから誠に稀有な体験です。

下手な英語で会話をしているうちに、私は「留学したいと思っている」というような話をしていました。すると先生は、「君がイギリスに来るときには助けてやろう」とおっしゃってくださった。それが後に生きてくることになりました。

ドイツに留学しているとき、私はその先生に宛てて手紙を書いたんです。「私はドイツまで来ました。学位論文が終わったら、イギリスに行きたいのです」と書いて手紙を出すと、すぐに返信がきました。そこにはこう書いてありました。「私は君との約束を覚えているよ。来なさい。用意をしておく」とね。イギリス人の紳士は嘘をつかないと聞いていましたが本当でしたね。

だから私は、ドイツから日本に帰国しないで、そのままオクスフォードに留学したのです。これも完全に確率を超えた出来事でしたね。

実をいうと、私は大学二年のときにアメリカに留学しそこねているんです。成績は一番よかったのですが、服装が粗末で見栄えが悪く社交性に欠けているとアメリカ人の先生に嫌われましてね。それでも自発的に勉強は続けていました。内発的にドイツ語もやっていたところ、三年くらいあとに、このような幸運が立て続けに舞い込んできたわけです。

確か天外さんはこんな話を書いていたように思います。この世の中のルールのほかに、もう一つの別のところで動いているルールがあるのではないか、と。そのルールとどう結びつくのかわからないのですが、内発的な関心を持ち続けておくと、どこかで別のルールに乗ることがあるのではないかと私は思うのです。

一見無駄に見えることが必ず役立つ

米長　私にいわせれば、それは内発的な無駄の積み重ねというものだと思います。無駄という言い方は適切かどうかわかりませんが、少なくとも先生は英語ができればそれで十分で、ドイツ語を勉強する必要はなかったわけですからね。やらなくてもいいドイツ語を内発的な関心からやられていたわけですものね。
その内発的な関心について、私にも思い当たることがあります。江戸時代のすごく難しい詰め将棋の本があるんです。伊藤宗看《そうかん》、看寿《かんじゅ》という兄弟が作った「将棋無双《むそう》」

「将棋図巧《ずこう》」というもので、それぞれ百題ずつ、全部で二百題の詰め将棋が載っている。

渡部　ありますね、『詰むや詰まざるや　将棋無双・将棋図巧』という題で、東洋文庫に入っています。一番長いもので六百十一手ですかね。

米長　ええ。江戸時代の名人の作品ですね。当時の名人は死ぬまで名人でした。そして、名人になると将軍家に百題の詰め将棋を献上するしきたりになっていたんです。しかし、いくらその詰め将棋を解いたところで、実践には何も役立たない。しょせん作り物ですからね。いわば、ものすごく難しいクイズみたいなものなのです。

しかし、この「将棋無双」「将棋図巧」の二百題を解いた者は、必ず四段以上のプロ棋士になれる。言い方を変えれば、解いた者でなれなかった者はいないんです。

それを私は、十八になるくらいまでに解きました。これは毎日やるわけではありませんので、たとえば内藤國雄は、伊藤看寿の作った第一番、六十九手詰めを一週間かけて解きました。その話を聞いて感動してしまって、私も第一番から解き始めましたが、この六十九手詰めにやはり一週間かかりました。難しいから考えるのですけれど、不思議な詰め将棋で、なかなか解けないんです。

それで、ずっと考えていると、あるとき突然、「あ、これか！」というひらめきがあって、それからあとはさっさと解けるようになりました。幾何学で補助線を一本引くと問題が解けるようなものだったのでしょうね。

渡部　詰め将棋というのは、頭の中でやるのですね。

米長　ええ。たとえば、一番長い六百十一手のものなら、王手が三百十回ある。これはそんなに難しい詰め将棋ではないですけれど、盤面をじっと見ていて、王様がぐるぐる逃げ回るから、三百手くらいまで行ったら、ここの歩はどうなっていたかな、さっき追いかけたときにこの歩は一つ動いたかな、と考えなくてはいけません。一つでも違っていたら詰めませんから、もう一回、やり直さなくてはいけない。

渡部　ということは頭の中に将棋盤がないとだめですね。

米長　そうですね。それで一日三時間くらいやったら、今日はこの辺でやめて将棋を指してみようとなりますから、二百題をすべて解き終わるのにだいたい六年くらいかかります。そして全部解き終わったときには四段の実力が身に付いているわけです。

相撲でいえば、三段は幕下、四段から十両ですから、格段の違いがあります。それで、一人前のプロ棋士になるには、この詰め将棋を説かなければだめだという教えが浸透していましたから、若い棋士たちが挑戦していましたね。

渡部 そんなのが頭の中でできる人は、確かに四段の資格があるのでしょうね。

米長 ところが、プロ棋士になると解く気持ちが消え失せるんですよ。もし私が中学生か高校生だったら、まず、この詰め将棋をやります。ところが、今の年齢で現役復帰してみようかと考えて、もう一度この詰め将棋をやるかといえば、もうだめです。三十手くらいの詰め将棋を解こうとしても意欲がわかないし、頭が働かない。

なぜならば、実戦にこんなものは出るわけはないとわかっているからです。こんな詰め将棋を解くより、将棋を指して「ここへ銀を打つ手があるけれど、こっちのほうがいい」というように作戦の研究をしたほうが役立つだろうと考えてしまう。すぐに役立つほうに走ってしまうわけです。

詰め将棋に時間をかけるのが、ものすごく無駄に思えるわけです。先生がとくに必要のないドイツ語を一所懸命勉強していたのと同じように、一見、無駄に見えるのです。ところが、無駄と見えることでもこつこつ続けていると、必ずそれが報われるわけですね。

ある日ある時、天の一角から幸運が舞い降りてくる

米長　あるとき、羽生善治《はぶよしはる》が「先生、私、ようやくわかりました」といってきました。彼が三十になった頃でしたか、十年くらい前の話です。「何がわかったの？」と聞くと、こんなことをいいました。

「あの詰め将棋ね、二百題解いたら必ず四段になれるといわれて私も解いたんです。でも先生、二百題の詰め将棋を解くことが大事だったのではなかったのですね。あの時間は将棋が二十四時間ずっと続いている。ひとときも将棋が頭から離れない。そういう青春時代を送ることに意味があるんだなとわかったのです。解けたかどうかが重要ではなくて、解こうとする意欲を持ち続けると、それがいつか報われる。それをわかることが大事だという意味だったのですね」と。

渡部先生も、ドイツ語をずっと勉強されていたときに、それが報われるかどうかはわからなかったわけですよね。

渡部　全くわからなかったですね。

米長　でも、この世の中というのは、そういう努力を続ける人がいつか必ず報われるようにできているようです。ある日ある時、天の一角からチャンスが舞い降りてくるんです。

その点、今の学生が就職難だとかいいますけれど、それは教え方も悪いし、本人の自覚も足りないといえそうです。世の中がどうあれ、こつこつと努力を続けていれば、チャンスはいつか訪れる。それに気づかせるような教育が必要だとつくづく思います。

渡部　私の弟子にも、ドイツ語が大切だと気がついてドイツ語を一所懸命勉強した者がいます。彼はアメリカの一流大学にうまく留学できて、優等付きの博士になったんです。そのときの研究テーマは「十九世紀におけるドイツ言語学のイギリス英文法に及ぼした影響」というのですが、そんな研究をするアメリカ人はまずいません。それで留学先の大学の学部長が驚いて、「君、よく勉強しているそうだね。奨学金はいるか?」と聞いてきて、博士課程の頃は奨学金をもらっていたそうです。
彼は帰国後、すぐに職があるわけではありませんでした。私には政治力がないから、ポストの世話はできなかったんです。結局、地方の看護大学のような大学になんとか就職できたのですが、今では旧帝国大学の准教授です。見ている人は見ている、というべきでしょうね。

米長 先生の場合はドイツ語、私の世界だと詰め将棋をこつこつ続けたことが運を開いたわけですね。これはどのような分野にも通用する教訓だと思います。
ところが今は、政治家にとくに顕著だと思うのですが、こうした無駄と思えるような努力を積み重ねるという生き方が欠けているような気がしますね。

渡部 政治家でいえば、田中角栄に感心した話があるんです。彼がまだ代議士にならない若い頃の話ですけれど、一個人の建築・土木業者として非常にばりばり仕事をやっていたそうですね。どうも政治的な野心もあるらしいというので、自民党の幹部が土木工事の仕事を頼んでやらせてみると、実に細かいところまできっちり仕上げてきた。それで信用を得て、彼は若くして代議士、大臣になったというんです。

建築・土木業者としての田中個人は非常に良心的だったらしい。手を抜かなかったんですね。

まあ、よく「運は運なり巡るなり」といって、どう転ぶかよくわからないものです。わからないから運なんですね。こうすればこうなる、というのは数学か自然科学で、因果律です。でも、運というのは因果律じゃないから、方程式は成り立たない。それは、ある日ある時、天の一角からやってくるものなんです。

米長　天の一角からするすると梯子が降りてくる（笑）。一所懸命こつこつやっていると、運が舞い降りてくる。運のいい人には、そういう共通項があるようですね。

何が必要かを知り、日常的に鍛えていく——坂井三郎に学んだこと

渡部　零戦パイロットの坂井三郎さんの伝記に、こんなことが書いてありました。彼は、飛行機乗りに何が一番重要かというと、目だというんです。早く敵機を発見したほうが有利ですからね。そこで一所懸命に目を鍛えたそうです。

彼は、暇があると星を見ていた。そうすると、昼間でも星が見えるときがあったそうです。ところが、見えたと思ったらすぐに見えなくなる。これはどうしてかと考えて、あ、そうかとわかった。首を上げて見ていたから、首が動いたために見えなくなったのだ、と。そこで今度は地面にひっくり返って見る訓練をして、昼間でも星がずっと見えるようになった。天気のいい日には、小さい星まで見えるようになったというんです。

そのトレーニングのかいあって、坂井さんは二百回以上も空中戦に出ていますが、一度も自分のほうが先に発見されたことはなかったそうです。だから生き残ったわけですね。

また、飛行機に乗って空中戦をやっていると、距離が近いと思っても意外と遠いらしいですね。敵機との間が百メートルくらいしかないと思っても、実際は二百メートルか三百メートルは離れている、というんです。それで、いつも飛行場で飛行機を見て、あの飛行機は自分から何メートル離れているかなと推測して目測の訓練をしていたというのです。また電車に乗っていても、あの看板は何メートルくらい離れているだろうかと、常に意識して距離感を鍛えていたのです。

空中では比べるものがないから、距離を見定めるのが本当に難しいそうです。狙いを定めて撃っても敵機に届かずに弾が落ちてしまう。それが目測の訓練をするようになってから、よく当たるようになった、と。実際、彼は六十数機も落としているといわれています。

他にもあります。零戦というのは急降下すると操縦桿《かん》が重くなって、両手で動かそうとしても動かない。そこで彼は、腕を鍛えなくてはならんと、鉄棒にぶらさがって片手懸垂《けんすい》ができるまでに鍛えに鍛えた。もう一つ挙げれば、空中戦をやった日には、戻ってきてから必ずその日の戦闘の様子を思い浮かべてメモをとっていたそうです。

こうした日々の鍛錬が、彼を一流の零戦パイロットにし、また彼の命を救ってきたわけですね。

米長　すごいもんですね。

渡部　それから、先ほどの米長先生の話にありましたけれど、スランプがあるそうですよ。いつもなら落とせたはずなのに、どうしても落とせない。そんなとき坂井さんは、どのように相手が逃げたのだろう、と考えたそうです。それによって自分が攻撃された場合に逃げるヒントが見つかるというわけです。

また、スランプのときには、スランプだと自覚して、あきらめることが大切だといっています。するど、大体助かるそうです。人間というのは、スランプのときに限って「いや、自分は大丈夫だ」と無理しがちなんですね。でも、そうやって無理をして出撃した同僚はみんな撃ち落とされてしまったというんです。

米長　やはりスランプのときは本業を離れることが一番ですよ。

渡部　戦闘機乗りの場合は逃げるわけにいかないので、無理して空中戦に入らないということになるでしょうね。ああ、今日は調子が悪い、ということでね。彼らには敗者復活戦はないので、必ず助からなければいけないわけですからね。

そのためには坂井さんは、先ほどの羽生さんの言葉ではありませんが、二十四時間空中戦のことだけを考えて鍛えていたんです。そうして徹底的に鍛え上げて、もうこれ以上することがないとなったときに、必勝の信念というものが生まれてきたのでしょう。単に気持ちの問題として「必勝の信念を持て」なんていっても全然だめなんです。
　われわれの日常とはかけ離れた世界かもしれませんが、心がけとしては、敗者復活戦がないくらいの気持ちで、真剣に本業に向かわないといけないということでしょうね。

米長　それは幸運の女神に好まれる絶対必要条件でしょうね。

第二章

生涯現役の人たちの共通項

本業に忠実な人はいつまでも若々しい

米長　今お話に出た自分の本業に忠実である、ということは幸運の女神に好まれる条件であるだけでなく、いつまでも若さを保つ鍵にもなると私は思うのです。

この自分の本業に忠実であるということで思い出すのが本田宗一郎さんなんです。私は本田さんの生前、親しくお付き合いさせていただきましたが、本当にこの方は自動車一筋、エンジン一筋でした。ご存じのように、本田さんには藤沢武夫という片腕がいましたね。藤沢さんはエンジンの知識はなかったけれど、経営については熟知していました。逆に、本田さんはそこが弱点だったわけですね。お互いの長所を生かし、弱点を補う形で、この二人が一緒に本田技研という会社をやっていたわけです。

ところが、あるとき、本田さんと藤沢さんが一緒に本田技研を辞めてしまったんです。本田さんはオーナーですから辞めなくてもいいのだけれど、一切辞めてしまった。そのときに、どうして辞めたのかと私は本田さんに聞いてみました。本田さんは私のことを「将棋、将棋」と呼んでいたのですが、「ほかのやつには話していないが、将棋だから話してやる」といって、そのわけを教えてくれました。

渡部　ほう、それはどういう理由ですか。

米長　まず本田さんは「俺の手を見ろ」といって、両手を差し出しました。その手のひらを見ると、右と左とで全然違うんですよ。普通の人は右も左も似たようなものでしょう。ところが本田さんは、右手は普通ですが、左手はどんな荒くれ男でもこんな手はしていないというくらい傷だらけだったんです。「なぜだかわかるか？」といわれましたが、わからない。すると本田さんはこう話されました。

「自分は浜松の鍛冶屋のせがれで、子供の頃から鉄を熱くして金槌で引っぱたいては形を変えていろんなものを作っていた。本当の職人っていうのはな、左手と右手が違うんだよ。左手が綺麗な人間は職人じゃないんだ」

どうしてですかと聞くと、「包丁を持ったことがあるか？」というんです。ああ、ありますよ、と答えると「包丁は左手でものを持って右手で切るだろう。だから、包丁で怪我をするのはいつでも左手だ。右手に包丁を持って右手を怪我するやつはいない」といいました。それはそうですね。

それと同じ理由で、「右手で金槌を持ってひっぱたくから左手はいつも被害者なんだ。だから、右手が綺麗で左手が傷だらけというのが本当の職人なんだ。左手と右手が違うのが本当の職人なんだ」とおっしゃったんです。

渡部　いい話ですね。でも、それと会社を辞めたことはどうつながるのですか？

米長　ええ。それでどうして辞めたのですかと聞くと、こういうわけですよ。

「それでな、車っていうのはいいエンジンを作りさえすれば走る。だから俺はいい車、いいエンジンだけを作ってきたんだ。だが、ある会議に出てきてくれっていうんで出て行ったら、車の排気ガスで地球の空気が汚れてきたことが問題になっている、といわれた。どうして車のせいにするんだと聞くと、原因はいろいろあるけれど、その中でも一番ひどいのは車だといわれたんだ」

本田さんは反論したそうですが、みんなは納得しない。結局、これからの車はエンジンの効率ではなくて、いかに排気ガスを少なくするかという環境に配慮をしたものでなくてはいけない、という結論に至った。本田さんにしてみれば思いもよらぬ結論ですよ。自分は走りやすい車を作ろうとエンジン一筋でやってきたのに、これからはエンジン以上に排気ガスを考えた車作りをしなくてはならないというのですからね。「自分のエンジン作りはこれで終わったのか」と思ったそうです。

そして、これからの車作りを考えると、自分がこのまま会社に残っていると邪魔になると考えた。それで自ら社長の座を降りたわけですね。そうしたら藤沢さんも「本田さんが降りるなら俺も辞める」と、二人同時に辞めてしまったというわけです。

そういうふうに、本田さんは車を愛して、車一筋の人だったんですね。それがいくつになっても若かった一つの理由でしょう。晩年はゴルフと絵に没頭されていましたけれど、本田さんの生き方、見事でしたね。

それともう一つ、いつまでも若々しい人というのは子供っぽいところがありますね。ホンダはF1に参戦したでしょう。F1というのは排気ガスなんて関係ないわけですよ。いいエンジンを作って、速く走れればそれでいい。だから、あれは本田さんの子供の頃からの夢の実現だったんですよ。本業の車がいくら売れるかというのとは次元が違うんです。レーシングサーキットにいた本田さんは、本当に子供のように嬉々としておられましたね。

渡部　確かに立派な男というのはみんな子供っぽい。これに対して、立派な女というのはみんな母親っぽいといえるでしょうね。確かゲーテの言葉だったと思いますが。

内的関心を失わない者のみが生涯現役を貫ける

米長　今の本田さんの例もそうですが、物事に対する一途な思いであったり夢であったり、子供の頃に形成されたあるものが持続する人というのは、生涯現役の人たちの共通項といえるでしょう。それは私なら将棋だし、本田さんなら車、渡部先生の場合は文学でしょうか。

渡部　本を読むのは子供の頃から好きでしたし、私は本から学びたいという気持ちが強いんです。だから、本を読むのは仕事にも入らない楽しみです。どんな難しい本でも、読むのは楽しい。

一方、私にとって教師あるいは著者として学んできたことを分かち与えるのは「仕事」です。だから、私の場合、やりたいことと仕事が結びついている。それは幸せといえるでしょうね。

米長　知識を得ることと、その知識を分け与えることが結びついているわけですね。

渡部　私の考えでは、内発的な関心を失わなかった者のみがいつまでも現役としてやれると思うんです。

たとえば、会社にたとえてみますと、普通の社員は外発的です。すなわち命令されて仕事をやっている。わりと好きな仕事をやるにしても、主に動く導因は命令ですよ。ところが、経営者というのは内発的です。だから、年を取ってもなかなか辞めない。また、辞める必要もないともいえるでしょう。本田さんの場合は、すぐれたエンジンを作るという内発的な関心がF１まではもったわけでしょう。

米長　本田さんは社長を辞めたあとも年寄りという感じはしなかったですね。若々しい気に満ちていました。

渡部　それはやはり内発的な関心に基づいて好きなことをやっていたからでしょうね。私も本を読んでいる間は精神的に若々しいと思う。今でもしょっちゅう新しい本を注文していますし、届いた本を開くのが楽しみです。

米長　渡部先生は大きな借金をして図書館付きの家を作ったとうかがいました。八十近くになって借金をして家を建てるというのはすごいですね。

渡部　いや、それは選択肢の問題だったんです。前の家もだんだん狭くなって、本を床に積んでいるような状態でした。そうすると、必要なときに取り出すのが大変でしてね。「このまま本を積んだままで死ぬのは愚かだな」と思ったのです。それで借金してでもいいから、一度全部の本を並べてから死んでやろう、と。まあ、どちらも愚かな選択なのですが、「どちらがより少なく愚かかな」と考えて、家を建てるほうを選びました。借金は、私が死ねば返せるような契約になっているから心配ない。

米長　でも、普通の人なら、同じお金を使うなら介護付きのマンションでも買おうかなと考えますよね。

渡部　八十歳にもなればそのほうが賢明です。その意味で、私は賢明じゃなくて愚かだけれど、より少なく愚かなほうを選んだわけです。ラテン語の格言にも「過度に賢明でないようにせよ」というのがあります。

米長　いやいや、全然愚かではありませんよ。渡部先生が年寄りという感じがしないのは、そういうところにあるのでしょうね。「ああいう人になりたい」「いつも学ぶものがある」と、外から見ていて魅力があります。そうした魅力のない人というのは、年齢に抗《あらが》えずに普通に年老いていくのでしょう。

渡部　本を読みたいとか、あれも知りたい、これも知りたいという思いは尽きませんね。こうした関心というのは全く内発的で、外から命令されてくるものは何もないですよ。

彫刻家とか画家はわりと長命の人が多いでしょう。あれも描きたいものがあるからだと思う。

米長　芸術家は真善美の美を追究しているんですね。だから若々しい。

渡部　平櫛田中《ひらくしでんちゅう》さんという百七歳まで生きた彫刻家がいます。この人には百歳のときに三十年分の仕事の材料を買っていたという伝説が残っていますけれど、おそらくそれは芸術家の本音でしょう。

だから、あまり人生に計算を持ち込みすぎる人はだめなんです。たとえば、「子供を一人育てるには教育費が二千万かかる。二人育てれば四千万もかかる」なんて考えたら、子供なんてつくれないですよ。計算するのは利口なようですが、頭に「小」をつけたい。「小利口」なんですよ。

私は今でもたくさんの本を買います。家内には「その歳でそんなに読めるんですか。今でも山のようにあるのに、どんどん増えていってどうするんですか」と小言をいわれます。でも、それは理屈というもので、私はそんな理屈を超越して愚かになっている（笑）。いつまでも若々しくいたいというのなら、小利口な生き方は廃止しないとだめですね。

いつまでも若さを保つ生活の工夫

米長　私は今六十七歳ですが、七十歳までは大体自分で描いた設計図通りに行きそうだなと思っています。五十歳で名人を取って、一応自分の将棋人生の頂点を迎えて、そこから六十歳までは、最初にもいいましたが、ゆっくりと棋士としての下り坂を降りてきました。そして六十歳から七十歳にかけては、それまでの御恩返しのつもりで、経営者として将棋連盟の運営に尽力しようとやってきています。

ただ、七十歳から先をどう生きていくか、これが私にはわからないのです。ですから、渡部先生が七十歳のときに何を考え、八十歳までどう生きてこられたかということに、非常に興味があります。

渡部　七十代は六十代までの延長です。だから、特別に何かしようとは考えずに、六十代までの生き方を継続しました。それで今、八十歳になって、これから九十代に向かうわけですが、これも今までの延長です。やはり考えない。延長できなくなったら、そこで終わりです。

米長　私が今までの延長として将棋に携わるとすると、やはり普及と経営ということになると思うんです。でも、私は将棋というものを通じて違う何かをしたかったのではないかという思いもある。ですから、それを成し遂げるという目的が生まれてきそうにも思うんですね。

渡部　それはどういうものですか？

米長　私には将棋を追究した結果得たものを人に伝えたいという気持ちが常にあるんです。だから、このような対談もその一つです。これは仕事ではありますが、本業でもあるんですよ。本業でもあるというのは、自分にはメッセンジャーとしての役割があると考えるからです。

はっきりいえば、私は日本が危ないと思っているんですよ。でも一方で、少年少女がすごくよくなってきたという実感があります。だから、ちょうどその年頃の子供たちに、「私はこういう考え方で、こういう人たちと出会い、こういう生き方をしてきたんだ」という話をしながら、「君たちはこうしたほうがいいよ」と方向を指し示してやりたい。それがこれからの本業になるのかなと思っているんです。

渡部　宮本武蔵は二十九歳あたりで、もう試合はやめているんですね。それから先は『五輪書』の道を追求したんです。絵を描いたり、彫刻をしたり、字を書いたりもしますが、その基礎は剣の道にあって、その延長なんです。おそらく米長先生がおっしゃったことも同じで、将棋を通じて悟られたことをメッセージとして伝えていきたいということでしょう。それは非常に価値がありますよ。

米長　渡部先生にそういっていただくと嬉しいですね。

命がけにならないと本当の道は見つからない

渡部　やはり命がけになったものでなければ本当の道は発見できないということでしょうね。私も一所懸命やりました。やっているうちに、天の一角から梯子がスルスルと降りてきたわけです。一所懸命やっていなければ、そんな体験はできなかったでしょう。

米長　一途になるというのが大事ですね。先生の人生と普通の人の一番の違いは何かというと、人生を通じて学ぶという姿勢があるかないかだと思うのです。中学でも、高校でも、大学でも、受験のときは一所懸命に勉強をしますが、普通の人は合格してしまえばそれで終わりです。合格するという目標があって学ぶわけですが、そこから先がない。そういう人を小利口というのかどうかわかりませんが、それではだめですね。

渡部　受験技術ばかり磨くのでは意味がないのですよ。この頃つくづく思うのは、内発性に引っ掛かるような学び方でなければいけないのではないか、ということなんです。たとえば、私は中学・高校のときに数学が嫌いだったんです。計算も不得意でした。ところが、高校三年で高等数学、微分とか積分に入ったら途端に面白くなってきたんです。

米長　それは珍しいですね。普通はそこへ来ると嫌になってしまうものですが。どこが面白かったのですか？

渡部　微分とか積分の概念を得たおかげで、ギリシアの哲学者よりも偉くなったような気がしたのです。

たとえば、ギリシア哲学に「ツェノンの背理」（別名ゼノンのパラドクス）というものがあります。ウサギとカメがいて、ウサギはカメの二倍の速さで進む。普通に考えれば、ウサギはカメを追い越してしまうはずですが、論理学ではカメが先に出発するとウサギは絶対に追いつけないのです。なぜかというと、ウサギがカメのいるAという場所に到着したとき、カメはその間に先に進んでBという場所にいる。今度、その

Bという場所にウサギが着いたときには、カメはすでにそこにおらず、さらに先のCという場所に進んでいる。ウサギとカメの距離は半分ずつ縮まるけれど、ウサギは決してカメに追いつけないのです。

これは「アキレスと亀」の話としてもよく知られていますけれど、論理学で考えるとウサギはカメには決して追い付けない。しかし、現実にはそうではありませんよね。それを証明するのが微分なのです。微分には極限値というものがあって、数式できちんと表せる。それによると、ウサギはカメに追い付き、追い越せることが証明できるのです。

私はそれを知って、ダーウィンが解けなかった進化論の謎をウォーレスが解いた意味がわかったのです。ダーウィンという人はお金持ちのお坊ちゃんの研究者です。一方、ウォーレスは無一文で、珍しい昆虫を採集しては売って食べていたような人です。彼は「虫屋」と呼ばれていたんですね。しかし、虫を追いかけていたがゆえに無数の変種に目が行くわけです。そこで、変種の中からまた変種が出て、また変種が出たらどうなるかと考えた。そして、究極の変種になると、それは別種になるのではないか、という答えにたどりつくのです。

これは極限の思想だろうと私は思うのです。極限を越えると新種が出る。その間にはいろいろな変種があるけれど、それらは適応したものだけが残って、それ以外はいなくなるわけです。ダーウィンは微分を知らなかったが、ウォーレスは学んでいます。

というようなことで、たとえば数学でも、微分とか積分の思想、級数の観念などは、いろいろなことに役立ちました。極限の思想はわれわれの実生活を証明するのです。極限があると考えれば、ウサギは明らかにカメを追い越すんです。ところが、理屈で考えると追い越せない。そのギリシアの偉い哲学者たちが迷って解けなかった命題を高校生の数学が解き明かしたわけです。それで面白くて仕方がなくなったんですね。

米長　なるほど。

渡部　なんでもそうですが、心の琴線に触れたもの、内発的な関心に触れたものは記憶に残ります。すると、たとえ自分の専門に関係ないことでも、内発的に関係あるような学び方をすることができると思うのです。

ですから、米長先生が「将棋で消化ゲームを怠るようになるとだめだ」というのを聞くと、それは私の内発的な関心に触れて、「これだ！」と思うわけですね。専門が違っても琴線に触れるものは自分のものになります。でも、そうでないものは、すぐに忘れてしまいます。

そういう意味で、内発的な関心にかかわるような学び方をする。あるいは、学び方の態度として内発的な関心のあるものだけを学んでいけばいいわけです。そうすると、年を取ったからといって飽きることはない。

米長　それは年を取っても年寄り臭い老人にならない秘訣ですね。

年齢とともに強化された暗記力

渡部　自分という人間は何かと考えたら、それは記憶だと思うのです。自分の記憶以外に自分があるかといったら、ない。私は子供の頃からさまざまな事象を覚えてきていますが、私が覚えている少年時代の出来事は私しか知らないんです。とくに、もう子供の私を知っている人たちはみんな死んでしまっていますからね。そうすると、勉強したことも、悲しかったことも、うれしかったことも、私という人間をつくっているのは全部記憶なんですよ。

米長　確かにそうですね。

渡部　結局、人間というのは記憶がすべてで、私の仕事では記憶がまた非常に重きをなします。また一般に、人間の記憶力は年を重ねると落ちると考えられていますが、私はそうではないといいきることができます。というのは、こういう体験をしたからなのです。

五十歳になったかならないかのときに、大学でサバティカルという一年間の休暇がありました。私はその期間を利用して「スペインに行って朝から晩までラテン語の本でも読もうか」と計画を立てました。

古典ラテン語というものはすべて訳本があって内容をつかむのに苦労することもないのですが、近代になってからのラテン語には訳のないものが多いんです。あたかもシナの古典は『孟子』でも『論語』でもみんな訳があるけれど、江戸時代の学者が漢文で書いたものには訳がないようなものです。私は、そういう訳のないラテン語をじっくり読みたいと思ったわけです。

ところが、そういう計画を立てていたところに別の話が来て、私はエディンバラに行くことになりました。これには非常にいい条件がついていました。それでラテン語を勉強するという予定を取りやめて、エディンバラに行くことを選んだのです。結果として、その一年間は非常に有意義な時間を過ごすことができました。

それからまた七年たってサバティカルの休みが回ってきました。エディンバラに行ったあとの七年間で、私は非常に売れっ子になっていました。この一年間の休みの間も、講演もあれば、原稿の依頼もあり、なんだかんだで多忙な日々を送っていました。そしてふと気がついたら、休みは終わろうとしていました。そのときに私はこう思ったのです。

「あれ？　七年前にはサバティカルの間にラテン語を読むという計画をちゃんと立ててやろうと思ったんだったな。結局エディンバラに行くことになったけれど、それはそれなりに非常に有意義に過ごした。ところが今回は、しっかりとした計画も立てないまま、なんとなく一年間を過ごしてしまった。ああ、我老いたり」と。

私はこのとき初めて、自分の「老い」を自覚したのです。これは何か考えなければいけない。そう思いました。そこで、七年前にラテン語を徹底的にやろうと計画していたことを思い返して、「一つラテン語を暗記してやろうか」と考えて意識的にラテン語を覚え始めたのです。

そのために工夫もしました。当時は週二回、大学に出勤していたのですが、そのときにタクシーを使うことにしました。私の家から大学のある四谷までは、料金は片道六千円くらいで、一時間ほど時間がかかります。だから、十分間千円の計算です。私はその間に一所懸命ラテン語を暗記しようと思いました。高くつくようですけれど、私の教え子でも家庭教師をやれば一回一万円くらい取りますから、タクシーの運転手を先生だと思えばいいじゃないか、と考えることにしました。

米長　なるほど。それは何歳のときですか?

渡部　六十歳前後ですね。はじめはイギリスの法律集とかを暗記していたのですが、毎回やっているとすぐ終わるんですよ。それで、次から次へと暗記していって、最後には暗記するのに適当なものがなくなって、岩波の『ギリシア・ラテン引用語辞典』

というラテン語の部分で八百五十ページのものを暗記してやろうと思って始めたわけです。そのときは「暗記し終わるまで、生きておれるかな」と思ったんですがね。

米長　一回のタクシーで何ページくらい覚えるのですか？

渡部　大体、一ページです。それで五〜六年かかりました。今は二度目をやっていて、七百七十六ページまで進んでいる。こんなことをやっているうちに、ラテン語についての本を二冊書きましたから、自信にもなるわけです。

それで、暗記し始めて二〜三年たった頃に面白いことに気づいたのです。

ふとわが家の二階の書棚を整理していたら、全く偶然に、三十年くらい前に漢詩朗詠をやったときの本が出てきたのです。ぱらっとめくって見たら、そこに菅原道真の『秋思詩』がありました。

丞相年を度《わた》って　幾たびか楽思す
今宵　物に触れて　自然に悲し
声は寒し　絡緯《らくい》　風吹くの処

葉は落つ　梧桐《ごとう》　雨打つの時
君は春秋に富み　臣は漸《ようや》く老ゆ
恩は涯岸《がいがん》無く　報ずることなお遅し
知らず　この意　何くにか安慰せん
酒を飲み琴を聴いて　また詩を詠ず

八行からなる律詩です。「これは朗詠した覚えがあるな」と思って、そのまま書棚にしまって階下に降りたのですが、なんとなく今見た詩が頭に残っているわけです。そこで試しに紙に書いてみたら、ほとんど間違いなく書けたんです。

昔は暗記する気にもならなかった律詩が、ほんの三十秒か一分見ただけで書けたのです。「これは何事ぞ」とびっくりしました。そして考えてみたら、何年間かラテン語を暗記し続けていたために、記憶力そのものが強くなったのではないかと気づいたのです。

ラテン語は意識して暗記し続けていたのですから、だんだん早く覚えられるようになったとしても不思議ではありませんよね。しかし、とくに暗記したわけでもない漢詩がすぐに覚えられたというのは、記憶力そのものが強くなったとしか考えられません。

米長　そう考えるのが妥当でしょうね。

渡部　それを確かめるために、いろいろ試してみたんです。すると、昔習った長い漢詩もすぐ書けるようになりました。また、ドイツ国歌も三番まで空で歌えました。

私の主宰しているゼミナールでは、ラテン語の昔の学生歌を三番まで歌う習慣があるのです。全部で十番まであるのですが、三番までは学生たちの中には暗記できない者もいました。学生といっても、講師もいれば助教授もいるのですが、誰も十番までは暗記できないのです。ところが、私は十番まで暗記できた。私だけができたのです。

私は嫌み半分に彼らにいったものです。「暗記できなくたって気にしなくてもいいよ。私も君たちのように若いときは暗記できなかったものだ」と（笑）。

米長　それは面白い話です。

血が行くところに気ができる――脳科学を上回った幸田露伴の洞察

渡部　これについて私は、幸田露伴に感謝するんです。幸田露伴は「気が行くところに血が行く」といっています。また、「血が行くところに肉ができる」と。つまり、気が行くと血がそこの部分に行き、血が行くとそこに肉ができるというのです。つまり、たとえば、「足を鍛えよう」と思うと、足に血が行く。血が行き続けると、足が丈夫になる。つまり、気が行くと足を鍛えることになる。足を鍛えるとは足に血が行くことであって、血が行っていれば筋肉ができるということですね。

頭も同じだな、と私は思いました。頭を鍛えれば頭に血が行く。頭に血が行けば脳細胞が発達するはずだと思ったのです。

ところが、当時の脳学者たちは、脳の細胞は毎日十万個ずつなくなっていくといっていました。それが定説だったんです。でも、私は信じませんでしたね。実際、暗記力は強くなったのですから。

そうしたら、ここ数年前あたりから、脳を鍛えると記憶の中枢である海馬が発達することがわかってきました。定説が変わったわけです。脳学者の言葉を信用しなくて正解でした。考えてみたら、自然科学というのはすべて仮説なんです。だから、常に嘘だと考えてもいい。完全に本当だったら進歩しないわけですからね。

米長　間違いがあるから進歩するわけですね。

渡部　そうなんです。自然科学が進歩していくのは、今の自然科学の状態が完全じゃないからです。だから、幸田露伴の洞察のほうが最新の脳学者よりもずっと正しかったわけです。

いつまでも頭脳明晰であるために

渡部　暗記はぼけ予防のために始めたわけですが、毎日の習慣としてもう一つやっているのが発声練習です。毎朝起きてから「あいうえお」を、あ〜〜〜、い〜〜〜、う〜〜〜というふうに長く伸ばして五回ずつやっています。

米長　それは健康によさそうですね。

渡部　それから歌を歌います。一つは『夜のタンゴ』。これは懐かしのメロディーです。それからもう一つは、その時々によって違うのですが、今歌っているのは『ここはお国の何百里』。これは二十四番まであります。みんな覚えているかどうかわかりませんが、やってみましょうか。

♪ここはお国の何百里　離れてとおき満州の　赤い夕日にてらされて　友は野末の石の下……（といって二十四番まで披露）

米長　すごいね。（拍手）

渡部　これは二〜三日前に始めたばかりなので、まだよく覚えていないな。

米長　しかし、すごい。

渡部　歌が終わってから、今度は本職の英語です。今はマコーレー全集五巻目にある「ピット伝」（ピットというのは十八世紀半ばのイギリスの首相で、一般に「大ピット」と呼ばれている）を読んでいます。

米長　何分くらい読むのですか？

渡部　面白さによって違いますが、十五分から三十分くらいですね。ですから、最初の発声からここまでで小一時間くらい。そのあとで原稿を書きます。
米長　それが、先生の若さの秘策ですか？
渡部　若さの秘訣というより、ぼけ予防ですね。面白いことに、英語の力はだんだんついているんですよ。たとえば、今、マコーレーのピット伝を声に出して読んでわかる外国人はそういると思いません。それは、幸田露伴の作品を声に出して読んでわかる日本人がどれだけいるか、ということと似ています。どちらもボキャブラリーがすごく多いんです。そこで知らないボキャブラリーが出ると、印をしておいて必ず辞書を引くのです。
米長　それが大事ですよね。
渡部　一日二〜三回は確かめますね。何しろ百五十年前の本ですから、言葉の使い方が変わっているんです。普通の意味で使っていると通用しない場合が出てくる。辞書を引きながら意味を探っていくのが楽しみになります。この単語の意味では文章が通じないと思って辞書で確かめてみると、［廃］とか［古］という印がついて、今では使わない意味が載っています。そうして辞書を引くと、百発百中［廃］とか［古］にぶつかる。愉快ですね。それで英語力がどんどん増進していくという感じですね。私は現役の頃はマコーレーをすらすら読めなかったのですよ。ボキャブラリーが全然足りませんでしたからね。

もの忘れは「年を取ったから」とは限らない

米長　私は逆に、だんだん単純、単純といきましたね。最近ツイッターを始めたのですが、あれは俳句ですね。百四十字以内という制約がありますが、大体、四十字か五十字くらいでつぶやくんです。

一日に一つ面白い風刺的な内容をつぶやくことにしているのですが、そのために、いつも面白い話がないかと考えています。誰かと話をしているときに「これは面白いな」という笑い話を思いつくわけです。

でも、話している間にメモをとるのは失礼だから、そのままにしておくでしょう。

覚えておいて、食事のときにでもメモしようかと思っていたら「あれ、なんだったかな」と忘れてしまっている。メモをしないと覚えていられないんです。でも、メモをするようになると、また記憶力が悪くなりますね。

渡部　いくつか紹介してください。

米長　そうですねぇ……たとえば昨日、将棋連盟にいて、知り合いと外に出ました。そうしたら五センチくらいの段差につまずいて友達が転びそうになった。そこで思いついた笑い話が、「段差があるじゃないか」「将棋界だから当たり前だろう」（笑）。

その程度のものですけれど、結構反応が来るんですね。一番反応が多くて面白かったのは、「羽生善治は強すぎる。日本外交は弱すぎる。その違いは何だろう。羽生は正座、もう一方は土下座」っていうやつ（笑）。

渡部　うまい（笑）。

米長　それから「蓮舫が都知事選に出るらしい。勝てるのは二人しかいない。天和（テンホー）と地和（チーホー）だろう」。こんな感じで、政治とか世相をちょっと皮肉ってやるんです。そのために毎日、笑いのもとを考えているんですね。これはむしろ頭がバカになったのでしょうかね。

渡部　いやいや、鋭いし、面白い。面白さを感じるというのは若さですよ。素晴らしい、素晴らしい。

米長　面白く笑い話を作り出すんですね。俳句だとか、川柳だとか、ああいうのはいいのでしょうね。ところが、「これは会心の作だ」と思ったのが受けないんですよ。逆に、取りあえず書いておこうかというのがバカ受けしたり。

この間は規制仕分けに引っかけて、「永世棋聖も仕分けられるのか」「俺が仕分けられる」と書いたら、それは意味も何もないけれど受けましたね。どうも言い訳みたいな説明をしても受けないようです。だから、一〜二行くらいの、バカじゃないかという感じの笑い話を考えてつぶやく。

それで、さっきも二つぐらい思いついたのですが、一時間か二時間たったらもう全然思い出せない（笑）。

渡部　そういうことは、よくありますよ。それは年を取ったからではないんです。若いときだって、そうだったはずですよ。ところが、それを「年を取ったからだ」と思い込んでしまうわけです。

パスカルがそうなんです。パスカルは「自分は記憶力がいいからメモなんか取る必要はない」と思っていたのですが、あまりにもいろんなアイデアが浮かんでくるものだから、どうしても忘れてしまう。それで最晩年になって紙切れに書き付けるようになったんです。それが『パンセ』ですよ。

『パンセ』は彼の死後、いろんな紙切れに書いてあったものを集めたものなのです。だから『パンセ』の初版の中には、下男や女中にいいつけた言葉まで混じっているらしい。それが、彼の最高の作品になったわけです。

米長　自分の備忘録のために書いたメモが『パンセ』になったのですか。

渡部　ですから、思い出せないということと頭脳明晰であることとは必ずしも結びつかないと思いますね。

第三章　若くして学べば壮にして成すあり

～青少年期の過ごし方～

貧しさによって開かれた将棋への道

米長　これから私がお話しすることは、読む人の年齢によって「何をいっているのかわからない」という人と、「そうだ」という人に分かれると思うんです。

私が物心のついた頃というのは戦争が終わったあとで、我が家は貧乏でした。当時はうちだけではなくて日本中が貧乏で、食うや食わずのときでしたよね。でも、隣のうちも貧乏だと楽なんですね。自分だけ貧乏というのは困るのですが、どこの家も貧乏だと、子供が青バナを垂らしていようが、つぎが当たっている服を着ていようが、どうってこともない。

それで、家が貧乏だったものですから、中学になったときに、ある信頼できる人から、プロ棋士を目指して東京に行けば食費と学費が全部タダになると聞きました。その人は、「将棋の先生になれば、それでよし。また戻ってきて高校へ行ってもいい。学校も駄目、将棋も駄目だったら、私のところで丁稚《でっち》として働いてもらおう」というわけです。それで、「どうだ」と。

しかし、当時のことですから、親は将棋で食べていくというのがどういう意味なのかわからなかった。将棋の棋士というのは、遊び人のようにしか見えなかったんです。プロ棋士がいるなんて知りませんからね。それで、その人に何回も何回も繰り返して聞くのです。「将棋の先生ってのは生活ができるんですか。将棋の先生になるのはいいけれど、本業はなんですか？」と。

でも、もしも将棋で食べていけるなら、それは悪い話ではなかったのです。口減らしになりますからね。私は山梨ですが、山梨では跡取り息子は残るけれど、あとは戻って来ても食べられないんですよ。

渡部　ご兄弟は何人おられたのですか？

米長　男四人で、私が一番下です。でも、一番下だといって放っておくわけにはいかないので、私は東京に行くことになりました。東京に行くときは出征兵士を送るような感じでした。少年を送り出すでしょう。壮行会を開いてくれて、みんなで送ってくれたんです。あれは非常に励みになりましたね。というより、おめおめと戻って来れないな、という気持ちになりました。

壮行会がなければ、「しばらく見なかったけれど、何してたの？」「ちょっと東京に行ってたんだ」と、ごまかせる。でも、町長から、学校の先生から、みんな集まって、「天才少年が東京に行って日本一のプロ棋士になる」といって送ってくれるわけですからね。簡単には引き返せない。頑張るしかないんです。

渡部　地元では将棋の天才だと認知されていたわけですな。

米長　それがまた教え上手の指導者がいて、ちょっと強いと「おまえは天才だ」とおだてるんですよ。子供ですから、天才といわれ続けると、自分でもそう思い込んでしまうわけです。「おまえのは、その辺の大人をやっつけてプロになれるような将棋だ」というから、「そうかな」と（笑）。

渡部　何歳頃に天才だといわれたんですか？

米長　幼稚園の頃から。

渡部　おお、それはすごい。

米長　幼稚園で天才も何もないんですけどね。みんな下手なんだから。でも、負けても「おまえ、この将棋は負けたけどな、あの一手はすごい手だったぞ」とかいわれる。たとえば、飛車切って攻められたことがある。そうすると「この局面で、こう飛車を取らせる。これはなかなかできない。天才だ」と。何でも「天才だ」というんですよ。あとで考えたら、すごい手でも何でもないんですけどね。でも、そうやっておだてられて、私は二十歳まで「天才だ」と思っていた（笑）。

渡部　いやいや、天才ですよ。

米長　そのうちに「ちょっと違うのかな」と思いましたけれど、ある意味で、いい指導者に巡り合えたなと思う。「天才だ」とずっとほめ続けるのも大変ですよ。

それから、家に金がなかったことも幸いしました。金があれば、まっとうな親ならその辺の学校にまじめに通わせますからね。

師匠に楯ついた内弟子時代

米長　そういうわけで、私は小学校を卒業して東京の師匠のところに住み込んで、中学生のときにはもう将棋を教えたりもしていました。三年間の住み込み生活でしたが、他人の飯を食うというのはなかなか大変なんですよ。内弟子というのは、奴隷の上、下男の下ですから。

それでも、自分では「天才だ」と思っているから、師匠から「教えてやる」といわれても断ったんですよ。中学生の分際で「あなたに教わると、あなたの癖がつくからやめてくれ」って。

渡部　すごい内弟子ですね（笑）。

米長　当時は大山康晴と升田《ますだ》幸三が強かったのですが、ちょうど升田幸三が三冠王になって名人になった頃なんです。升田というのは強かったですからね。「私が升田と大山を倒して日本一になる。あなたに教わったら、あなた止まりで終わるからやめてくれ」といったら、いきなりゲンコツが飛んできました。でも、師匠はゲンコツで一発殴ったあと、「うーん、いわれてみればそうだな」（笑）。

まあ、中学生の頃はいろいろ面白い話があります。変わっていたのでしょうね。というか、もう絶対の自信があったんですね。

だけど、これは笑えない話ですよ。今、小学校から英語の教育が大事だというので、公立小学校で英語の授業を始めることになっていますね。でも、教えるのは外国人の教師ではなくて、担任の先生が全部やらなくてはいけない。そこに帰国子女が入ってきたらどうなるか。ニューヨーク仕込みの英語がしゃべれる子がいたら、日本人の先生は「アイアムアボーイ」なんてしゃべれないでしょう。だから、笑い話じゃなくなると思うんです。

渡部　本当にそうです。

米長　文法を教えるならともかく、会話となると本当に笑い話じゃ済まないですよ。

勉強への気持ちを奮い立たせてくれた流行歌

米長　先生の中学校の頃はどうでした？

渡部　中学校時代は、非常にいい思い出が一つあります。私が中学に入ったのが昭和十八年。昭和十六年十二月に戦争が始まって、十七年は勝ちまくって、十八年になると日本は負け始めるわけです。しかし、それは伝わってきませんでした。

私が入学したときは、まだ教科書が戦前のものだったんです。当時はシンガポールも占領して昭南島になっていましたし、マレー、ビルマも占領してマレー沖と印度洋の戦いでイギリス東洋艦隊は全滅しているのに、『キングス・クラウン・リーダーズ』というイギリスの王冠のついた英語の教科書を使っていました。国語は岩波国語で、漱石とかラフカディオ・ハーンとかが載った非常にリベラルな教養主義的な教科書でした。それから、漢文は塩谷温《しおのやおん》先生のものでしたね。

だから、戦争中ではありましたが、入った年はまだ戦前のままなのです。ただし、戦争三年目ですから、学校の雰囲気としては教養主義的でなくなりつつある先生が多かったですね。

非常に楽しかったのは、「修練」の時間でした。教えていた先生は大学の倫理学科あたりを出た方だと思いますが、ある日の授業で、生徒に向かって「おまえたち、将来、何になる?」と聞いてきたのです。

一番多かったのが「幼年学校を受ける」、それから「予備士官学校に行きます」「海軍予備学生になります」「海兵に行きます」というのが大部分。あとは「科学者になります」という者があり、「医者になります」というのが一人か二人いましたか。

そのとき私は「文士になります」といったんですよ。そうしたら、先生が驚いて「小説を書くのか」と聞くんです。「いや、もっとためになるものを書きます」と答えたら、「小説だっていいぞ」と。その先生は私を認めてくださったんですね。それがとても嬉しかった。しかし私は文士が小説家だとは知らなかったのです。「士」がついているからずっと偉い文章を書く人、たとえば頼山陽《らいさんよう》みたいな人だと思いこんでいたのだからおかしいのですが。

米長　いい先生ですね。

渡部　そうですね。しかし、その先生は一学期でいなくなってしまいました。おそらく、どこかに出征されたのだと思います。それからはいい先生がいなくて、敗戦まで惨めでした。とくに英語の先生に睨まれましてね。

『キングス・クラウン・リーダーズ』がつまらないわけです。それで、机の上に教科書を開いておいて、机の下で『名作主水捕物集』を読んでいたら先生に見つかってしまった。そのときは鉄拳一発くらっただけで済んだのですが、しばらくたって、今度は昼休みの時間に『三好清海入道』を読んでいたら、その先生が怒ってね。私は昼休みの弁当の時間だから構わないと思っていたのですが、床に正座させられて、殴られて、「学校をやめてしまえ」というわけですよ。

その英語の先生は東北学院の出身でした。戦前の東北学院ですから、そんなにレベルが高いわけではない。今から思うと、おそらく読書の経験がなかったのでしょう。初歩の英語を教えていましたが、敵国の言葉を教えているというので戦争中は劣等感があったのではないでしょうか。だから、えらく厳しかったんじゃないかと思う。

そんな具合でしたから、もう学校が全部つまらないわけですよ。戦争が終わっても学徒勤労動員が終わらなくて、山に連れて行かれて開墾だとかつまらない作業をさせられました。十月頃に雪が降り始めて、もう開墾ができなくなったので、ようやく帰ってきたんですよ。

その山を降りるときに歌ったのが『ジャワのマンゴー売り』という歌。ちょうど流行っていたんです。その歌を歌いながら、「よし勉強するぞ」という気持ちになりました。それから数年の間は、勉強が嫌になったとき、この『ジャワのマンゴー売り』を歌いましたね。そうすると、あの山を降りたときに「勉強するぞ」と思った気持ちがよみがえってきました。

わが師・佐藤順太先生との運命の出会い

渡部　戦争が終わると英語の先生も高等師範を出た古い先生方――定年退職しておられた先生方――が復活してきました。今にして思えば、やっぱり高等師範を出た先生たちは優秀でしたね。

米長　ああ、そうですか。

渡部　そのうちに運命の先生である佐藤順太先生に出会ったんですよ。

米長　おいくつのときですか。

渡部　中学五年から高校三年にかけての二年間だから十七から十八歳のときです。先生は英語の先生で、日露戦争の頃に東京高等師範学校を出た方なんですよ。没落士族の家ですから中学校に入れなくて、検定で中学卒業の資格を取って高等師範に入っているんです。ですから勉強家で知識豊富で、話が面白かったんです。

一つ挙げれば、先生は猟銃の専門家で、戦前に出た三省堂の百科事典の猟銃の項目を担当されていました。それから、『猟犬操縦法』などという犬の本なども翻訳しておられました。とっくに定年退職しておられたのですが、急に英語の先生が必要だといわれて、隠居所から出てこられたのですね。

そういう先生でしたから、しばしば脱線するんです。その脱線がむやみに面白かった。いろんな知識を持つというのは、こんなに楽しいものかと思いました。

高校三年のときの英語の教科書というのが、当時の文部省が非常識で、第一章「フランシス・ベーコンのエッセイ」、第二章「ジョン・ロックの人間悟性論」なんてひどいものだった。誰もわかるわけがないですよ。佐藤先生も「こんなのはわれわれの手に負えないものです」なんていいながら教えてくださったんです。第一章はベーコンの「オブ・スタディズ（学問について）」という短いエッセイでしたが、脱線しながらいきますから、これを読み終えるのに一学期かかりました。

また、辞書を引くという習慣が身に付いたのも先生のおかげです。『COD（コンサイス・オックスフォード・ディクショナリー）』という英英辞典があるのですが、「あれを引けるようになれば一丁前だ」といわれたので、「よし」と思って古本屋で買い求めたのです。何しろ一回の授業で数行しか進みませんから、辞書を引く時間もたっぷりあったわけです。予習のときも、知らない単語を英英辞典で引いていきました。

そんなふうに辞書を引きながら勉強しているうちに、ベーコンの思想がよくわかったという感じがしました。ベーコンというのは大体一五〇〇年代の終わり頃の人ですから、日本でいえば徳川家康の時代だと考えればいいでしょう。あの頃に書かれたわずか三ページのエッセイを読むのに一学期かけたわけですから、私も徹底的に単語を引くことができたのです。「この随筆に関しては、同じ年頃の生徒ならイギリス人にもアメリカ人にも負けないぞ」というような自信がありましたね。

米長　それはすごいですね。

なぜ上智大学を選んだか

す。

渡部　そして、もう一人の奇妙な先生と出会って上智大学へ進学することになるので

私は中学五年を卒業するときは普通の優等生でしたが、だんだん成績が上がっていきまして、翌年、高校三年を卒業——この年から新制高校となりました——するときには、優等生総代になりました。

当時の相場でいえば官立大学を受験するところなのですが、粕谷先生という進学係の先生が確か旅順工科大学を出た、ちょっと変わった化学の先生で、日本の状況があまりよくわかっていなかったようです。それでも受験指導をしなければならないからといって、学校から派遣されて東京の大学の視察に出かけたのです。戦災のあとの東京の状況は地方ではよくわからなかったわけですから、学校から派遣されたんですね。視察から戻ってきた先生は高校三年生を集めて話をしたのですが、そのときに「上智

大学はよかった。あの大学は卑しくない。これから伸びる」なんていわれたんですよ。上智以外の学校は褒めないんです。

それでも、普通の年ならば受けなかったと思うのですが、その年に限って官立大学の入試が六月にあったのです。これもあとから考えると運というものでしょう。私立の入試は三月でしたから、「どこかに入っておいたほうがいい」というので、進路指導の先生がすすめてくれた上智大学を受けたのです。

当時は上智なんて誰も知りませんでした。私は古い『キング』でその学校を建てたドイツ人の記事を読んだことがありましたが、そんな無名の大学に、あの田舎から同級生が五人も受けに行ったんです。官立が六月だから私立でもあの年は入学倍率は高かったと思います。実際、五人受けて三人落ちていますから相当難しかったんです。

六月になると、一緒に上智に入った男は一橋大学を受けて合格し、一橋に移りました。でも、私は四月から六月までの間に上智を体験して、確かにあの先生がすすめたように「いい学校だ」と思ったのですよ。それでそのまま上智にいて、それっきり動かず、五十何年の間、ずっとお世話になったわけです。

今でも私は上智の教育には心から感謝しています。それは立派な先生たちがいました。戦前から日本におられた外国人の先生などは、戦後来たような人たちとは違うんですよ。

米長　いい先生、師匠に恵まれましたね。

渡部　ええ、そうですね。

師匠に教わったお客さんを大事にする姿勢

米長　私も師匠にはいろいろ教わりました。中でも、お客さんを大事にするということは今の私の原点となっています。当時は昭和三十年代の頭ですから、まだ将棋をプロに教わって謝礼を払うという時代ではないんですよ。名のある棋士もいたけれど、師匠は無名だったから、とてもお客さんを大事にしていました。私も代稽古に行ったりしましたけれど、師匠の姿を見て、お客さんを大事にするようになった。将棋の技術というより、そういう姿勢が今になって非常に役に立っています。

たとえば、アマチュアと指すとき、師匠は時には飛車角落ちで指す場合もありましたが、どういう状況でも一手違いで勝つか負けるかなんです。相手も最後まで勝ち負けがわからないわけですね。それで師匠が勝ったときには、あとで「あなたは、ここでこう指せば勝ちだった」と教えてあげるのです。

渡部　なるほど、プロだから最後の一手まで持っていけるわけですね。

米長　何とでもできるんです。そうやって、相手にいい手を指させるように引き出してあげる。

渡部　それで「ああ、もう一手で勝てたのに」と。

米長　「ここに指せば勝てる」という手をつくってあげるんです。それでも、アマチュアだとなかなかわからないので、「いや、そこはもう少しお考えになったほうがいいですよ。すごい手がありますよ」とヒントをあげたりする（笑）。それで勝つと、お客さんも「そうか、こう指すのか」と思うでしょう。本当に面倒見がいいんですね。そうやってお客さんを確保していくわけです。

それが、六十を過ぎて将棋連盟の会長になってから役立っている。師匠にはアマチュアあってのプロなんだということを教えてもらいました。感謝しています。

生まれて初めて見た本物の書斎

米長　渡部先生も佐藤先生の姿を見て学問の道に進まれたわけですよね。

渡部　そうです。卒業のときに私は先生に感謝のはがきを出したら、「遊びにこい」という御返事をいただいたので、御自宅にあいさつに行きました。そのとき、私は生まれて初めて本物の書斎というものを見たんです。今から思い返せばそれほど広くはなかったのですが、私は目を奪われました。佐藤先生は英語の先生ですから、あの終戦直後の田舎の自宅に全二十四巻のイギリスの百科事典がありました。それに和本を入れた倹飩《けんどん》が天井まで積んである。それを見たらやっぱり驚きますよ。

米長　当時は英語の本は焼かなければならなかったのではないですか?

渡部　先生は戦争中ずっと隠居していましたからね。戦前から家にあったということでしょう。それを見て、「なるほど。本とはこういうものか」と感心しました。私の家にあったのは『キング』とか『講談倶楽部』とか『幼年倶楽部』といった講談社の絵本や少年講談ばかりでしたからね。

先生は着物を着て、書斎でゆったりとくつろいでおられました。その姿が目に焼き付いて、自分もああなりたいと憧れるようになったんです。

それで夏休みに東京から帰郷すると、ほとんど毎日押しかけていました。先生はご老人で、あれだけの知力のある人ですから、田舎には適当な話し相手がいないわけですよ。私は居住まいを正して先生のお話を聞いていましたから、張り合いがあったのでしょうね、よくおしゃべりになりました。あまり毎日押しかけるのは迷惑かもしれないと、二、三日遠慮をしていると、「遊びに来い」とハガキが来るんです。

それでおじゃましていると、よく刀の鑑定を頼んで来る人がやってきました。先生は刀の鑑定も非常に優れておられたのです。ですから、猟犬、猟銃は日本有数の権威で、刀の鑑定までやっていたというわけです。

しかし、それらの本をコレクションされている様子がなかったので尋ねてみると、戦後にお子さんが肺病になって、その治療費を捻出するために処分したというお話しでした。旺文社社長の赤尾好夫さんが高い値段でそっくり引き受けてくれたそうです。「いいコレクションだったんでしょう」といっておられました。

犬とか猟銃に詳しいというのは、実はイギリスの上流階級について詳しいという意味でもあるんですね。

米長 ああ、なるほど。

渡部 ですから、イギリスではこうだという、学校では教えてくれないようなお話も伺うことができました。たとえば、イギリスの小説を読んでいるとよくピストルが出てくるのですが、登場人物が少しも慌てない。それはなぜかというと、「昔のピストルなんてものはそう簡単には当たらないんだ」と教えてくれました。

本収集の口実を与えてくれた菅実秀

渡部 それからもう一つ、先生から得た教訓があります。庄内藩というのは、幕末のときの江戸守護職を務めたんですよ。京都守護職が会津で、庄内藩が江戸の受け持ちでした。幕末の江戸では、薩摩藩から出た浪人たちが放火、強盗、テロを働きました。薩摩藩がそのテロリストをかくまっていたわけです。

そこで庄内藩は、江戸の薩摩屋敷を焼き打ちにしました。その経緯がありましたから、維新の戦争のときも、自分たちはどっちみち官軍に憎まれているのだから徹底的に戦おうと、最後まで戦って勝ち続けます。ところが、他の藩がどこも負け落ちてしまったから、庄内藩は負けないまま降参したのです。

降参したにもかかわらず、庄内藩はそれほどひどい目に遭うことはありませんでした。その理由の一つは西郷隆盛が偉かったこと、そしてもう一つは、西郷隆盛と同レベルで付き合える家老が庄内にいたことです。その家老は菅実秀《すげさねひで》という人です。この人は漢詩もできて、西郷さんの尊敬を得たんです。明治維新になってからも江戸でお付き合いをして、菅が鶴岡に帰るときには西郷さんも「菅先生に送る」という詩をつくるという関係を築き上げました。だから、菅家老というのは庄内の英雄です。藩を救った人といってもいい。

この菅実秀という人は、若いときに、刀が好きで好きでたまらなかったんですね。

それで、お城で新しい任務に就いたとき、母親が新しい着物をつくってあげたら、その着物をすぐに質入れしたかして金を工面して、前から欲しいと思っていた刀を買ってしまった。幕末ですからどこの武士の家も貧乏で、母親は苦労して着物をつくったわけですが、それを刀に変えてしまったというので、さすがに親族の間で問題になりました。「こんな金を使う男が家督相続しても大丈夫か」と議論になったんです。ところが、議論をしているうちに、「武士が刀に凝るのは悪いとはいえない」という結論になって、お咎《とが》めなしとなった。そのときに許されたから、彼はのちに家老になれたわけですね。

当時は質素剛健でしたから、派手なものは控えて自慢したり見せびらかしたりしないのが藩の風習でした。しかし、刀関係のものは自慢してもいいし金をかけても見せびらかしてもいいというような雰囲気だったようです。

その話を先生から聞いて、私は「そうか。私は文学部だから刀は振り回さないけれど、本ならいいはずだな」と思いました。ですから、高い本を買ってこっそり持っているなんてことをしないで、自慢するようにしました。そして、今日に至るわけです。

本についてては金も惜しまず、自慢も遠慮しない。これも先生から得た大きな教訓です。

米長　佐藤先生の言動を見て、ああいう生活をしたいと思ったわけですか。

渡部　この老人のごとく老いたいと思いましたね。

「笹子名士にはなるな」といわれて日本一を目指す

渡部　米長先生は、そういう憧れの人はいませんか。

米長　憧れというと、石橋湛山《たんざん》でしょうか。石橋湛山は山梨県から出た唯一の総理大臣なんですよ。子供の頃、「この人は立派な人だった」と聞かされましてね。清廉潔白というのか、「政治家はこうじゃなきゃだめだ」という人です。

私の生まれ故郷の町議会選挙というと、運動員がまず一万円もらって、選挙区に住んでいる老夫婦のところに行って一人に付き三千円ずつで六千円置いて、四千円は自分の懐に入れるというのが実際ありました。「お巡りさんもそうやっているから、いいんだ」なんていってね。そういうのを聞いていましたから、湛山の清廉潔白なところに惹かれたのかもしれません。

渡部　将棋の世界で憧れた人はいなかったのですか?

米長　棋士は人間性で判断するより強さで判断しますからね。ただ、日本一の棋士になりたいという気持ちは強く持っていました。それは同じ町にいた熊王徳平《くまおうとくへい》という『狐と狸』という本を出した人の影響なんです。

その人は将棋好きで、今考えてみると、私の父親と同じくらいの年だったと思います。私の送別会のときにやってきて、「笹子名士にはなるな」といわれたのです。「笹子名士」という言葉はそのとき初めて聞きました。最初はどういう意味だかわからなかったのですが、聞いてみると、こういう意味らしいんです。

甲府の盆地から東京へ向かうところに笹子峠という場所があります。笹子トンネルとか、笹子餅で有名ですけれど、かつては、この笹子峠を越えるまでは国中で、峠を越えると江戸に出ることを意味していたんです。ですから、「笹子名士」というのは県内で一番の名士を呼ぶ名称なのだそうです。

その熊王さんはもの書きで、直木賞を目指していたのです。ところが、絶対に直木賞を取れると確信して書いた作品が名前すら挙がらなかった。そのときに人にすすめられて織田作之助という作家の書いた原稿を読むんですね。そうしたら自分とは全然才能が違うとわかるんですよ。「どうだ」といわれて、「今回はこの人が通る。自分はだめだ」と熊王さんはいったそうですが、その通りになるんです。

そのうちに「やはり世の中は広い。自分は東京に出てもだめだ。世の中にはどんな人がいるかわからないから、自分は山梨県内で地元の新聞に随筆を書いたりして笹子名士で一生終わろうと決めた」というわけです。

「だけど、おまえはそれじゃだめだ」と熊王さんは私にいいました。だから、私もだんだん「日本一の棋士になる」という頭になってきたわけですね。そういう意味では、この熊王さんの一言は忘れられませんね。

母親から受け継いだ逞しく生きる力

渡部　ご両親に影響を受けたようなことは何かありますか？

米長　父親がものすごく勉強ができた人でしたね。そのせいか、三人の兄貴たちは全員東大に行きました。だけど、兄貴たちが受験しているときでも父親に国語の熟語を聞くと全部答えていましたから、東大の受験生よりも父親のほうが国語力は上でしたね。それは非常に感心しました。母親も甲乙丙で全甲だったから成績がよかった。

渡部　母親が大切だという話も佐藤先生から聞きました。今はどうか知りませんが、昔のイギリスは競馬馬の本場でしょう。雌馬は大切だから輸出しないというんですね。だから、母親が大切なんだといっていました。

米長さんの家はお母さんがものすごく質がよくて、種もよかった。だから、一腹の子供四人が全部いいんですよ。

米長　おやじは肺結核で私が十六のときに死んでしまいましたけどね。そのせいか、母親からはたくましさを受け継いだかもしれません。おやじは寝たきりで、それに加えて終戦直後の没落地主ですから、生き抜くのも大変ですよ。もう食うや食わずの状態になってしまいましたから。その後のおふくろの生き方はそれまでとは別人のようでした。それほど大変な苦労をしたのだろうとは思います。そうした中で生きる力というのを母親からもらったように思います。

渡部　そのときお母さんは何歳くらいですか？

米長　大正三年生まれですから、三十歳ちょっとでしょう。その年齢で、敗戦で無一文になったのですから、大変だったと思います。

でも、その後の逞しさには見習うべきものがあります。あの頃の日本人って、みんな逞しかったですね。

渡部　男も女も逞しかったですよ。『父よあなたは強かった』という歌がありました。

♪父よあなたは強かった　兜も焦がす炎熱を　敵の屍とともに寝て　泥水すすり草を噛み　荒れた山河を幾千里　よくこそ撃って下さった～というのが一番の歌詞ですけれど、みんな必死で生きていたね。

米長　そうですね。当時のおふくろの苦労と比べれば、今の苦労というのは知れたものです。何しろ母親が一人で生計を立てていたわけですから。

私も夏休みになると、当時一日五十円だったと思いますが、アルバイトに行きましたよ。兄貴たちが山を開墾して畑地にするところについて行って、背の丈より高いような草の草取りをしたものです。

しかし、あの頃は貧乏だったけれど、家族一緒に飯を食っていたなぁ。といっても夕飯は何も食べるものがない。それで小麦粉を練った〝ほうとう〟という山梨の名物の煮込みうどんに、かぼちゃを入れたり、大根の葉っぱを入れたり、出汁をとった煮干も栄養になるからってそのまま食べる。粗末な食事だったけれど、今の子供たちの偏った食事よりもかえってよかったかもしれないですね。

金は失っても運は失うな

米長　それと、子供のときに父親が「日本はだめになる」といったことを覚えています。私は父親とはほとんど小学校の頃にしか会っていません。中学の三年間は東京に出てきていましたし、高校一年のときにもう死んでしまいましたからね。だから、小学校の頃にしか父親と一緒になる機会はなかったんです。

その小学校のときに、父親からいろいろな話を聞きました。「アメリカに占領されて、日本はだめになるんだ」というのも、その頃に聞いた話です。どういうふうにだめになるかというと、「進駐軍の3S政策〈3Sは、スクリーン（screen）、セックス（sex）、スポーツ（sports）の頭文字をとったもの〉で、日本は骨抜きにされるんだ」といっていました。当時、情報のほとんどないはずの山梨にいたのに、3S政策の弊害を知っていたのですね。その点では、ハイカラな日本人だったといっていいでしょう。

また、戦時中はなけなしの金で南満洲鉄道の株を買ったりもしていました。本当の善良なる日本国民でした。

渡部　それは本多静六さんと同じですね。本多さんは定年を迎える頃、資産のほとんどを寄付されましたが、老後のためにと南満洲鉄道と横浜正金《しょうきん》銀行の株だけを持っていたんですよ。でも、敗戦で両方ともパーになってしまった。

米長　うちもそうです。だから貧乏になったんですね。私が生まれる前は地主だったから、周りから見ると金持ちなんですよ。

おやじはまじめで、汁粉なら三杯も飲むけど酒は一滴も飲まない。浮気なんて当然一回もしたことない。そんな父親が若くして肺病になって死んでしまって、しかも全財産をすってしまった。その結果、土地もなくなるし、金もなくなるし……。それを思うと、運命というものは何なんだろうかと考えてしまいます。大酒飲んで身上を潰したとか、博打で負けたとかいうのなら「因果応報でこうなった」と納得もできますが、おやじを見ていると何も悪いことはしていない。国を信じて、ずっとまじめに生きてきたんですよ。学校の勉強も一所懸命したでしょう。それなのに、ああいう結果になってしまったわけですから。

渡部　そうですね。

米長　おやじに非があったとか落ち度があったわけじゃないから、やはり運命というもの、運というものがあるんだなぁと思いました。そして、運がよくなったり悪くなったりするのは、必ず何か理由というか根拠というものがあるのではないか、と考えました。

こんな話を聞いたんですよ。江戸時代の話ですが、ある金持ちの娘がいるんです。その父親はまじめに商売を一所懸命やっていたのですが、あるとき、娘に向かって「かわいそうにな」というんです。娘は父親が何をいっているのかわからない。奉公人がいっぱいいる家で、何一つ不自由はないわけですからね。

首をかしげる娘に父親はこういいました。「うちは代々こうして大店として金持ちでこれたけれど、そろそろ貧乏人と入れ替わる頃だ。おまえはかわいそうにな」と。そして実際にその店は落ちぶれて、娘は身売りするはめになるんです。

これは吉原の女性の身の上話ですけれど、こういう運命というのは人知を超えたものがありますね。

ただ、おやじが一代でだめにしたとはいっても、金がなくなっただけならいいんですよ。でも、運がなくなるのは怖い。私の家は財産こそなくなったけれど、運は残っていたと思うのです。それで、残された子供はそれなりに成長できた。私も将棋の世界でタイトルを取れたのは、運というものを引き継いでいるからだと思います。

つまり、金を使い果たしてもいいけれど、運を使い果たすのはだめだ、ということですね。これは渡部先生から教わった、幸田露伴の『努力論』にある「惜福」「分福」「植福」ですよね。「惜福」が大切なんですね。運気は自分で溜め込むしかない。

渡部　「惜福」というのは幸運に巡り合ったときに、それを使い果たさず、その一部を返すような気持ちでいることですね。たとえば、新しい着物をもらったときにそれをすぐ着てしまうのではなくて、まず古い着物を日常着として下ろす。それで新しい着物は晴れの日のためにとっておくのがいいと露伴はいっていますね。

「分福」というのは、文字通り、巡ってきた運を他人に分けてあげる。アレキサンダー大王がペルシャで戦争をしたとき、持ってきたワインが兵士に行き渡らないので河に流して兵士とともに飲んだという例を露伴は挙げています。そんなことしても誰も酔わないけれど、そうやって自分の福を一人占めにしないことが大切だというわけです。

そして「植福」は、社会全体の将来を考えて福を増やしていくということですね。たとえば、リンゴの木を植えて、適宜、芽を摘みながら木を長持ちさせる。それによってたくさんの実がなり、自分だけではなく、子孫も含めて多くの人がリンゴを味わうことができる。そのようにして福を増やし広げていく。これが植福ですね。

この「惜福」「分福」「植福」の三つを心掛けることによって、福が身についてくると露伴はいうわけですね。

また、「貧乏は人を鍛える」ともいっています。私も学生時代はこの言葉に啓発されました。貧しくて遊びに行けなかったけれど、その分、時間がありましたから、他の学生が読まないような本を随分読むことができました。それが私を鍛え、今に繋《つな》がっていることは間違いないですね。

貧乏は嫌なものですが、それをどう捉えるかで、貧乏のままで終わるか、自分を成長させる糧になるかが決まってくるわけですね。

米長　『努力論』は本当にいいですよね。よき生き方の見本が詰まっていますね。

渡部　その結果として幸田露伴はどういう運を残したかわかりませんが、『幸田露伴全集』が岩波から出て、娘の幸田文全集も岩波から出て、孫の青木玉（幸田文の娘）も今、書いていますね。その孫の子まで書いているのだから大したものです。みんな女の子ですけどね。

米長　幸田露伴といえば、将棋が大好きだったんですよ。

渡部　そうなんです。関根金次郎名人から習ったそうですね。あるとき詰め将棋をやっていて、思わず「あはは」と笑って「解けた」といったら、最初の奥さんがおかんむりだったらしい。「あなたが勉強する分には私は何でも我慢しますけれど、将棋なんか夢中になってもらっては困る」と。それで将棋をやめたとか。
菊池寛も将棋好きだったですね。

米長　そうですね。佐佐木茂索《ささきもさく》、坂口安吾、芥川龍之介、みんな将棋が好きでした。

渡部　菊池寛が将棋好きだったから、文藝春秋では将棋を指している間は勤務時間に数えていたという話があります。嘘か本当か知りませんが。

米長　いや、本当にそうだったんです。ところが、菊池寛が「これではいかん」というので、「会社の中で将棋を指してはならん」というお触れを出したんです。でも一番困ったのは菊池寛だったそうですよ。自分が指せなくなってしまったから（笑）。

勉強の仕方はデジタルよりもアナログで

渡部　一流の棋士になるために、米長さんが若い頃に心がけてきたことはありますか？

米長　一言でいうならば、勉強の仕方は常にアナログがいい、ということですね。渡部先生も肝心なところは辞書を引くとおっしゃいましたが、辞書を引いて調べるという行為が非常に大切なんですね。今はインターネットで簡単に検索できるから、それで済ましてしまいがちです。確かに時間の短縮にはなりますが、自分で辞書を引くという無駄に見える時間こそが重要だと思うんです。

たとえば将棋でも、今はある局面を並べているうちに、ちょっとこの局面の傾向を見ようとその盤面をパソコンに入力すると、「はい、この局面は前例が十五あります。それは誰と誰が……」とすぐに記録が出てくる。それをプリントアウトすれば無料で出せるのですが、トッププロ達はわざわざ将棋連盟にやって来て、その原本を一枚二十円でコピーしていきます。

将棋連盟にわざわざコピーを取りに行くことに意味があるんです。一流の棋士はみんなそうしています。パソコンで調べてそれをサッと見ることはありますけれど、すぐ忘れてしまうんですね。勉強にはならない。

私は以前に「ＩＴ技術だ、インターネットだ、パソコンだというけれど、そういうもので勉強しても何もならない」という趣旨の話を書いたことがあります。そこで私が主張したのは、ＩＴ、デジタルといったものによって頭の中に入った知識は産業廃棄物に過ぎないということなのです。それは決して知的財産ではない。言い方を変えれば、今、われわれは情報というゴミの山の中に住んでいるようなものです。

渡部　なるほど。その観点から最近の若い棋士たちを見て、どうですか？

米長　十八で止まるという人が大半なんですね。体力もそうですが、十八のときに一番強かったという人はプロにはなれない。そこから、さらに伸びていく人じゃないとね。そして、そのためには脳みそを使って駒に触れているかどうかなんです。

パソコンとかああいうデジタルなものを使って将棋の勉強をする人は、伸びているように見えてもそうではない。ある一定のレベルまでは通用しますが、それから先は違う世界なんです。それに気づいた人が、先ほどの詰め将棋を始めるのです。何年間も時間をかけて将棋のことばかり考えている。実戦だけを考えれば無駄ですよ。でも、それをやった人が確実に強くなってくる。

いつも将棋のことばかり考えていると、目から入ったものと耳から入ったものが全く役に立たなくなるんです。だから、電車から降りるのを忘れてしまったりもする。それほどまでに自分の頭の中で、自分の脳みそを使って考えなくてはいけない。その積み重ねですね。そうやって脳みそをどんどん使って勉強していくと、どんどん強くなる。これは間違いないでしょう。

サプリメントでは身体はつくれない

渡部　これは比喩ですが、あるとき、佐々淳行さんからものすごく立派なグレープフルーツをもらったのです。皮をむいて食べると、とてもおいしい。そのとき、こんなことを考えました。

「待てよ。このグレープフルーツはおいしいけれど、これは何かといえば、ビタミンCと、糖分と、水分だろう。こんなものは簡単にサプリメントでとれるじゃないか」

そこまで考えたところで、「あっ」と思ったのです。

「そうか。本を読むということは、皮をむいて果物を食べるようなものだ。そして、情報が欲しいからとパソコンで検索して取り出すのは、サプリメントで栄養を摂るようなものじゃないか」と。

サプリメントは実に便利だし、効果もあります。極端にいえば、サプリメントと点滴だけで大人は生きられます。しかし、赤ん坊がサプリメントと点滴で成長するかといったら、これは成長しないと思う。やはり、食物を口に入れて、噛んで、胃に入れて、腸で栄養をとって、余分なものをウンチとして出さなければ、胃も腸もできてこないですよ。だから、身体をつくるにはサプリメントや点滴ではだめなのです。口から食べなければだめだし、ウンチを出さなければだめなんです。

それは頭をつくるのも同じだと思う。一冊の本を読んでも、ほんの少ししか栄養が摂れないかもしれない。しかし、寝ながら読んだり、起きて線を引いたり、「あっ」と思って読み返したりしているうちに頭ができてくる。読み終わった本を積んでおくのは、ウンチみたいなものでしょう。

そうやってできあがった頭が何かの活動をするときに、「あの正確な情報が欲しい」と、パソコンなり、インターネットを活用するのは理解できる。そうやって利用すると、インターネットも役立ちます。

だから、若いうちは本を読まなければ絶対にだめだと思う。本を読んで考え込んだり、「あれっ?」と思って前に戻ったりと、いろいろな試行錯誤をして頭の栄養を摂る必要があると思うんです。それが成長にかかわる情報の取り方というものではないでしょうか。

米長　全くその通りだと思います。最近は脳の研究でもそれが明らかになっていますね。ものを考えたり、将棋を指すことによって、前頭葉がどんどん発達して成長するそうです。だから、われわれの考えは確かなものだと思います。

第四章

一歩抜きん出る人の仕事の流儀

「抜きん出る人」と「止まる人」はここが違う

渡部　私が学生の頃、先輩たちの仕事を見て「この人は優れているな」という方が、私の関心を持っている英文学と漢文学の世界で、それぞれ一人いらっしゃいました。一人は、英文学の福原麟太郎先生、もう一人は漢文学の吉川幸次郎先生です。「どうして、この人たちはこんなに優れているんだろう」と仰ぎ見ていたのです。たくさんの学者がいる中で、お二人は何か富士山のように抜きん出て聳《そび》え立っておられるように見えました。

それで、私はお二人の経歴を調べてみたのです。すると、福原先生は三十代の初めに文部留学生としてイギリスに留学して、そこで知り合ったアメリカの学者と一緒に、トマス・グレイという詩人のそれほど長くない詩を原稿から起こして出版するという仕事をなさっていることがわかりました。

日本人の英文学者で英米の詩人の原稿から本をつくったという人は、それまでいなかったのです。その業績一つで、福原先生は学問的に今までにない水準に達したという認識が生まれたようです。それによって、先生はその後、専門にこだわらず、のびのびと仕事をされたのです。シェークスピアはもちろん、近代文学でも英文学史でも自由に研究なさいました。それどころか、歌舞伎批評なども新聞にお書きになっていました。

戦前の官立大学の助教授が専門以外の歌舞伎の批評を新聞に出すなんて、普通ならば批判を浴びてできなかっただろうと思います。しかし、福原先生にはできたのです。三十代の前半に学者として立派な業績を残されているので、誰も文句をいえなかったのでしょう。また、文句をいわれないから専門にこだわらずに好きなものをどんどんやって、大きな学者になったという印象を受けました。

吉川幸次郎先生も、やはり若い頃に、倉石武四郎、小川環樹《たまき》両先生と一緒に、『書経』という儒学の根本中の根本といえるような本についての古代からの知恵を集めた注釈書『尚書正義』の定本をつくられました。そういう基本的な仕事を三十前後にやったために、あとは文句をいわれずに自由に仕事をなさったのです。

ところが、戦後の学校制度では、若い頃になかなか大きな仕事ができないまま、「あの人の専門はこれだ」と決まってしまって一生終わってしまう人が多いのです。「その差だな」と私は思いました。明治の頃の学者が大きく見えるのは、狭く専門を絞る必要がなくて、むしろ、どんどん領域を広げていったからです。学者というのは知識が広いものだという考えがあったのです。ところが、学校制度が整うと、学者というものは狭くて深いものだ、と見方が変わってしまいました。だから、狭くて深い穴をたこつぼのように掘っているけれど、そこから抜け出ることができない。一生、たこつぼ暮らしをするしかないのです。

私は、福原先生や吉川先生のように、三十代の早い時期に立派なたこつぼを掘って見せて、あとは「たこつぼには関係ないよ」というような感じで好きなことをやれる環境をつくれたらいいなと思ったのです。

私のこの観察は、今でも間違ってないと思います。抜きん出ようとしたら、たこつぼから早く出なければいけない。

米長　なるほど。年若いうちに大きな仕事をしてしまうことが、一歩抜きん出る人になるための条件なのですね。

渡部　そういうことなんです。二十代に入ったたこつぼの底をもっとよく研究してからなんていっていると、あっという間に定年ですよ。実際、定年間際まで一冊の本も出せないまま来て、あちこちに書いた論文を急いでまとめて出版する人がいますが、読めたものではありません。そんなことのために研究を続けていたのですか、と聞いてみたくなります。少なくとも文科系の学問ではそれではあまり意味がないと思いますね。

知的生活の第一歩は家庭生活にある

米長　先生は数多くの学生を見てこられたと思いますが、「こいつはいいところまで行っているけれど、止まってしまうな」というのはわかりますか。

渡部　わかります。やはり知的生活が悪い学生は止まってしまいますね。学問は家庭生活と関係があるんです。そういう失敗例を見たので、私は『知的生活の方法』という本を書いたのですよ。

米長　大ベストセラーにしてロングセラーとなっている本ですね。

渡部　もともと『知的生活の方法』で私が対象としたのは、大学院では優秀だったけれども、講師になったり助教授になったりしたところで学問が止まってしまう人たちなんです。その運命から逃れるためのヒントを与えるために、あの本を書いたんですよ。

私は自分の専門だから内容を文科系の人に限ったのですが、学問を進める要素として、書斎を持ちなさい、夏も仕事ができるようにクーラーを入れなさい、家事を手伝ってはいけない、といったことを書いたわけです。

米長　環境を整えて学問をする時間をちゃんとつくりなさいということですね。

渡部　そういうことです。要するに、みんな大学の講師に残るくらいだから、頭は悪くないんですよ。ある程度はできる。でも、そこから伸びないのは、知力よりも生活の工夫をしているかどうかなんです。生活のアレンジメントが大切です。生活をすべて勉強に向かえるようにアレンジしているかどうかで、抜きん出るか止まってしまうかが決まるのです。

努力してやるのではなく、楽しみながらやる

渡部　将棋の世界では、伸びてくる人と止まってしまう人の差はどういうところにありますか？

米長　それは簡単なことで、努力している人がだめで、遊んでいる人は伸びるんです。

渡部　努力している人はだめですか。

米長　遊んでいる人のほうが伸びますね。遊びという表現が適切ではないかもしれませんが、こういうことです。

将棋盤に向かって将棋を指すなり、あるいは頭の中で詰め将棋を考えるなり、将棋に携わる時間があったとしますね。そのときに、「将棋は好きじゃないけど、強くなれば賞金にありつけるし、有名にもなれる」という考えで将棋をやっている人というのは、一流大学に入りたいから合格できるように頑張って勉強しよう、というのと同

じだと思うんです。そういう人は、大学に合格したら勉強なんかしませんよ。

私は、こういう嫌なのに無理にやるのを努力といっているわけです。ある目的があって、そのために嫌々一所懸命やるのが努力。でも、伸びる人はそうではない。根っから将棋が好きなんですね。

渡部 さっきから出ている言葉を使えば、内発性でやっているかどうかですね。

米長 ええ。好きというのは努力をしない。遊びなんですよ。たとえば、私が将棋を子供の頃からやっているのは、遊びとして楽しいからです。好きな遊びをずっとやっているのです。だから、将棋の駒に触れていることが好きという人が一番伸びる。嫌々やる、努力してやるというのは伸びないですね。

渡部 『論語』の「之を知る者は之を好む者にしかず。之を好む者は之を楽しむ者にしかず」ですな。

米長 ああ、そうですね。「楽しい」ということを私は「遊び」と表現したんですよ。

渡部 それは私も同感です。私も楽しいから本を読むんです。そして、本を読んで考えたことを表現して、それを読んでもらうのも楽しい。普通は原稿用紙を埋める作業なんて楽しいわけはないのですが、それが苦にならないのは楽しいからです。

米長　わかります。だから今でも私の一番悪い癖は、将棋を指したがることなんです。とくに夕方、ビールを一杯飲んで、日本酒を飲んだあと、夜の九時か十時頃になると急に将棋を指したくなる。酔っ払って頭が弱くなっているから負けるんですけどね（笑）。それでも将棋が好きなんですね。結局、好きって楽しむことですよね。

渡部　そうです。楽しむことですね。

米長　だから、抜きん出る人というのは、やはり楽しんでいる人です。私が今、将棋連盟の経営に携わっているのも楽しいからです。楽しくなければ、人から嫌がられるようなことを率先してやるなんてバカな話はない。自分が損するだけですからね。

渡部　仕事でも、お金のためとか生活のためという前に、好きで楽しんでやっているうちに認められて大きなチャンスがやってくるものでしょう。内発的な楽しみで一所懸命やっていると、いつか天の一角から梯子が降りてくる。

だから、内発的であることが重要だと私はいいたいのです。それがないと天のルールが動かないんですよ。地上のルールはだいたいのところ因果関係ですが、天上のルールは因果関係ではない。訳のわからない内発的な努力がピッと響いていくと、スルスルッと梯子が降りてくる感じです。

たとえば、私の知っている古本屋さんで財を成した人は、もう古本が好きで好きでしょうがない。古本というのは、好きで好きでやっているうちに知識が増えて、外国の古本屋とも付き合いができるんです。嫌々ながら仕事のためにやっているくらいじゃ、本物にはなれませんね。

米長　それに生きがいを感じるとか、楽しいと思うことが大事ですね。努力してやったらだめなんです。

努力するのが無駄というわけではないですよ。努力をすれば、まあまあのところまでは行きますから。

渡部　努力しろといってもできない人もいますからね。

米長　ただ、努力だけで抜きん出ることができるかどうかは疑問です。どうせ努力をするのなら、楽しみのために努力しろと私はいいたいですね。

渡部　それは本当にそうですね。せっかく有名大学に入っても、そこで止まっては意味がない。やはり、自分がやりたいことがあって、それが存分にできる大学を選ぶというのが正しい選択方法ではないですか。その結果として、大学が有名であろうと無名であろうと関係なく、抜きん出る人になれる可能性はあると思うんです。

米長　そうですね。とくに今の時代は、大学の名前があったところでいい会社に就職できるわけでもありませんからね。何をしてきたかが問われている。ならば好きなことを楽しんでやっておけ、といいたいですよね。

逆境に処しては笑うべし

渡部　将棋を指すのが好きで仕方がないというお話でしたが、長い棋士生活の中では、逆境に直面するときもあったのではないですか。

米長　逆境はしょっちゅうです。勝負の世界ですからね。負ければ即逆境です。

でも、この逆境というものは人によっていろいろな捉え方があるように思います。たとえば、役所に入った人であれば、そこに大学の同期がいて、そのうちの誰か一人が最終的に事務次官になるわけですね。途中までは自分が事務次官になれそうだったのに、ミスをして出世レースから脱落してしまった。それを逆境と捉える人もいるでしょう。

しかし、同じ役所に高卒で入った人もいますね。その人は最初から出世レースから外れているわけです。だから、事務次官になれなくても逆境ではない。立場や環境で逆境の定義はそれぞれ違うということですね。

では、私の場合はどうかというと、やはりタイトル戦で負けたときが逆境になるんです。勝った者はスターとして無条件に褒めたたえられますが、それと同じだけ、負けた者は叩かれる。勝負というのは、勝ちと負けの分量は同じです。負けた者は、別に悪さをしたわけでもないのに悪口を書かれることもあります。とくに最後に負けた者が悪口の対象になる場合が多いんです。この世界はナンバー2が叩かれるんですよ。

私が負けたときは、「遊んでいるからだ」とか「酒、飲み過ぎるからだ」とか「ふまじめだ」と、さんざん叩かれました。

渡部　そういうときは、どういうふうに気持ちを切り替えていくのですか?

米長　気持ちの切り替えは非常に大事なのですが、結論からいえば、精神的にタフになるしかないですね。私であれば、人から悪口をいわれるものだ、と思うようにしたのです。勝負師というのは、タイトルをとると親戚が三倍くらいに増えます。でも、負けると親戚が赤の他人になる。極端な話、犯罪者と同じような扱いです。勝負というのはそういうものなんです。

ですから、逆境のときにどうするかというと、もともと自分はこの辺が相場なんだ、と思っておくよりしょうがない。

渡部　ああ、なるほど。

米長　総理大臣になるつもりで政治家になったけれど、どうもなれそうもないという人が、「大臣に二回なったからいいか」というのと同じです。「これが自分の相場だ」と思わないと仕方ない。あるいは、「本当は総理大臣になれるはずだったけれど、運が悪くてなれなかった」と納得するしかない。頑張ってなれるものでもないですからね。

私の場合は、勝てば褒められ、負けると叩かれる。そういう世界で生きてきたから、叩かれても大丈夫なように精神的にタフになるしかないですね。負けると必ずマスコミに悪口を書かれるんです。女性問題とか金の問題とか。でも、しょうがないと思うしかないですよ。

渡部　「そういうもんだ」と。

米長　人生というのはそういうもんだ、世間の評価というのはそういうもんだ、と。要するに、負けたのが悪いんです。勝てば褒められるのですから。逆にいうと、私がいくら品行方正でまじめに将棋を指していても、それを褒めてくれる人は誰もいませんよね。

それと、逆境のときは笑うことなんです。これは非常に大事ですよ。

渡部　逆境のときは、笑う？

米長　将棋で負かされるは、人に悪口を書かれるは、今まで親しくしていた人まで手のひらを返すようになるは、という状況ですからね。癪《しゃく》に障《さわ》るじゃないですか。そういうときに怒ったり、ひがんだり、腐ったりするのが人間の常だと思います。でも、そうすると余計だめになってしまう。だから、笑うんです。

また、笑うためには、その前に無心になることが大事です。たとえば、胃のあたりに何か引掛かりがあると、「胃癌になっているんじゃないか」と心配になりますよね。そういう状態ではなかなか無心にはなれないし、人がみんな笑っていても笑えません。だから、無心が大事。わだかまりがないという状態になることが大切ですね。

一度自分をそういう状態に置いて、そして笑う。寄席《よせ》に行って落語を聞いてもいいし、水戸黄門を見てもいい。スランプのときは本業から一回離れることだといいましたが、これは逆境のときも同じです。逆境のときに、まじめに本業をやった人はだめになります。だから、本業から一回離れて、無心になって笑うことです。

逆に好調なときは、笑いを抑える。勝って兜の緒を締めよ、ですね。私の場合は、調子がいいときには自分の欠点を直したりしています。「ここは自分の至らないところだ」とね。勝っているときはゆとりがあるから直せるんです。

ですから、勝ったときに笑わず、負けたときに笑う。これが非常に大事ですね。

逆境を乗り切る心がけ

渡部　私の場合は勝負とはちょっと違いますが、やはり悪口とか批判だとか、それから授業妨害だとか、いろいろ経験しました。そのときは、常に「こんなやつらに精神を左右されてたまるものか」という気持ちでいるように心がけました。

私は二度にわたって部落解放同盟関係の連中に授業妨害をされたことがあります。毎授業時間の前に、十人くらいが大学に押しかけてきて、授業の邪魔をするわけです。それでも、決して屈服しませんでした。妨害は半年くらい続きましたが、家内はそれについて最後の最後まで気づいていませんでした。私は家に帰るまでに、精神を安定させていたわけです。

ところが、ある神父が家に電話してきて、家内にベラベラしゃべったらしいのです。それで最後に家内にばれてしまいました。家内は心配して「あなた、学校で妨害されているの」と聞いてきたから、「されているけど、大丈夫だ」と平気な顔で答えました。実際それはもう最終段階の頃でしたし、私自身は全く心配していなかったのです。ついに一歩も譲らず、一回も謝らず、向こうのほうから退散して行きました。こういうケースは日本の学校の歴史にはないそうです。空前にして絶後といわれています。私が今でも誇りに思っていることです。

米長　その信条のもとになったのは、なんですか?

渡部　『孟子』を読んでいたことも、その一つですね。「天は将《まさ》に大任《たいにん》を是の人に降《くだ》さんとするや、必ず先ず其《そ》の心志を苦しめ、其の筋骨を労せしめ、其の体膚《たいふ》を餓《う》えしめ、其の身を空乏にし、行うこと其の為す所を払乱《ふつらん》せしむ」(天が重大な任務をある人に与えようとするときには、必ずまずその人の精神を苦しめ、その筋骨を疲れさせ、その肉体を飢え苦しませ、その行動を失敗ばかりさせて、そのしようとする意図と食い違うようにさせるものだ) というような言葉を子供の頃に覚えていましたから、それが支えとなりました。

もう一つは、戦前に特高に引っ張られた人を偶然二人知っていて、話を聞いていたことです。

その一人は、戦前の武装共産党の書記長を務めた田中清玄《きよはる》という人。この人に「ドイツ語を教えてくれ」といわれて、教えに行ったことがあるのです。そのときに聞いたのですが、彼は警察でものすごく厳しい取り調べを受けたそうです。でも、それを耐え切った。「どうして耐えられたのですか」と聞くと、こういうことでした。

田中清玄の祖父は幕末の会津藩の家老で、戊辰戦争のときに責任をとって切腹した田中玄清《はるきよ》という人です。彼にはその子孫であるというプライドがあった。そのプライドをもって特高の警察官などは足軽どもだと思い、「足軽どもにいじめられて、へこたれてたまるか」というのが一番の心の支えだったといっていました。これは参考になりましたね。

もう一人は家内の父親です。義父は北海道綴方問題の首謀者の一人とされて特高につかまって、二年間も未決のまま牢屋に入れられていたのです。結局、裁判で懲役二年、執行猶予五年という有罪判決を受けるのですが、それは特高のでっち上げです。その話を聞いて、「よく耐えましたね」といったら、「あの頃は戦争中だったから、普通に生活していても兵隊に取られて殴られたりした。弾が飛び交う戦場に送られていたかもしれない。だから、牢屋に入れられていたけれど、兵隊に行っても同じようなものだと思っていたんだ」というのです。

戦後、よく共産党の連中が戦争中に入獄していたのを自慢していますが、自慢にならないんですよ。獄中にいたから兵隊に行かずに済んだわけですからね。

そうした話を聞いて「ああ、なるほど」と思いました。心がけ次第で逆境は乗り切れるものなのだな、と。

だから私も、「こんなつまらない運動をやっているやつらに脅されてたまるか」という田中清玄的な心持ちでいましたし、「戦争中に嫌なのに戦場に送られることを思えば大したことはない。この連中は弾を撃ってくるわけでもあるまいし」と義父の体験から学んだ心境でいました。それから『孟子』の言葉も励みにしました。そういう諸々がありまして、結局、じたばたしないで結果的に乗り切ってしまったのです。

謝ってはいけないときには謝るな

米長　それは先生、何歳くらいのときの話ですか。

渡部　一九七〇年代ですから四十くらいですか。シナでは紅衛兵、日本ではゲバルト学生が荒れ狂っていた頃です。

ただ困ったのは、上智の中のゲバが一応終わったあとだったんですよ。学校がようやく静かになったのに、私のところだけが騒いでいるわけです。これは、ちょっと具合が悪かった。

それでも学校には「当局は出てこないでくれ」といっていました。学校当局が出ると、「こういう教師がいるのは、学校が悪いからだ」とゆすられるのです。ほかの大学は、皆それをやられていました。だから「私の問題ですから学校当局は出ないでください」とお願いしたのです。それで、教務課だけは「授業妨害をやめてください」という立場を取ってくれましたが、学校当局は最後まで出てきませんでした。

また、仮に私が謝ると、「そら、やっぱり悪いことやっているじゃないか。こういう差別教育を許している大学が悪い。差別教育を撤廃するための教育の資金を出せ」と、やはり学校をゆするんです。実際に、悪くないのにちょっとした失言を解放同盟の運動者に謝ったために一生どこにも出られなくなった優秀な先生も知っています。謝る理由ないのに謝ったらだめなんですね。

米長　人間は謝るべきときには謝らなくてはいけない。だけど、謝ってはいけないときに謝った人間はだめになってしまうわけですね。

渡部　悪いことをしたのなら、さっさと謝ったほうがいいと思うんです。ところが、相手を陥れるために罪をでっち上げるという例もあるんですよ。戦前の特高というのは、本当にひどいものでした。

義父の綴方運動というのも、なんの思想性もない生活の実態を書かせただけなのです。貧乏人は当然のように貧乏について書きますよね。すると、特高はそこだけを切り取って、「社会に不満を起こそうとしている。コミンテルンの運動につながっている」とこじつけて、運動に参加している人を広く検挙したわけです。完全なるでっち上げです。それはたくさん捕まりました。旭川師範出身だけでも十人以上です。

義父もその一人でしたが、でっち上げですから、最後まで罪を認めずに頑張った。そういう人たちは、みんな懲役二年、執行猶予四、五年がついたのですが、戦後はかなり華々しく活躍しています。戦後になって左翼運動に走った人はいないから、本当に事件はでっち上げだったのです。ところが、でっち上げに屈して謝ってしまった人は、みんな消えてしまっている。

だから、悪くないのに謝ったらだめなんです。謝ったり、嘘をついて、向こうに媚びたりしては絶対にだめだということです。国家でもそうだと思いますよ。

米長　謝るか、謝らないかという態度は、何か太い線でその人の運命とつながっているような気がしますね。

不意の災難に対する心構え

米長　個人の思惑を超えた災難、思いもしなかったような出来事が起こったときには自然体で受け止められるかどうかが一番大事じゃないかと、私は思うんです。そして、今すぐに動いたほうがいいのか、動かないでとどまるのかを判断することが非常に大切だと思います。

渡部　私は非常時にも種類がいろいろあると思うんです。病気などなら、それこそ必勝の信念で、病気にならないように手を打つべきだと思います。それでも病気になったら、まあしょうがない。だから未病にして止めるというのが一番の理想の形です。そう考えるから、私は今のところどこも悪くないけれど、太りすぎると体によくないから定期的に断食道場に行くとかやっているわけです。

それから、たとえば隕石が落ちてきた。これはもうしょうがないですね。では、直下型地震がやってきたらどうするか。家はフニャフニャになるかもしれないけれど、いっぺんにピシャッとは潰れません。何しろ鉄骨を使っていますからね。それで家の目の前は公園だから、公園に逃げる。老年になってから公園の近くに移ったのは、そういう安全の確保も一つの理由です。それから水は井戸を掘ってあって、大型の発電機で汲み上げることができるようになっている。

とまあこのように、考え得る限りの手は打っておいて、それがだめだったらあとはあきらめることでしょうね。宮本武蔵や坂井三郎の教訓につながります。すべて万全ということはあり得ない。外出しているときの事故にも、飛行機の事故にもあう可能性はあるわけですから。しかしまあ及ぶ限りはやっておくべきじゃないかと思います。老いてから高層建築の見晴らしのよいところに住む人は、地震でエレベーターが止まり、水がこなくなる可能性も覚悟して手を打っておくべきでしょうね。

米長　災難から逃げることはできないから、先の先まで読むことが大事だということですね。それにしても、よく読んでいますね（笑）。

渡部　将棋は三手先くらいしか読めませんけれども……（笑）。

わが絶好調時の大失敗

米長　話は変わりますが、先生には調子がよすぎて失敗したというような経験はありませんか？

渡部　失敗したというか、愚かであったと思うことはありますね。あれは私がドイツで博士号を取って帰ってきたときでした。あのときは、ちょっといい気になりすぎていたなぁと思います。先輩の先生たちに無用の反感を買って、今から考えると恥ずかしいほど愚かであったなと思いますね。

というのも、ドイツの言語学は世界でもトップでしたし、言語関係の文献学分野でドイツで学位を取った日本人はまだいなかったのですよ。しかも、私はまだ二十八歳でしたからね。それで三百ページの本を向こうで出版したのですから、その勢いたるや大変なものでした（笑）。

あの頃は、本当に愚かでした。先輩たちから見れば、嫌な野郎だったと思いますよ。古い言葉で「失意泰然《たいぜん》、得意淡然《たんぜん》」なんていいますが、なかなか若者がそういう心境でいるのは難しい。言葉は知っていたのですが、その通りにはいかなかったですね。

人生の幸せをしみじみと味わう

渡部　米長先生の絶好調時といえば、やはり名人になったときでしょう？

米長　今だと思うんです。

渡部　ほう、それは素晴らしい。

米長　七十歳をピークに持っていくというのが、私の人生設計なんです。もちろんタイトルを取ったときは棋士として一つのピークを迎えたわけですが、人生のピークといえば今ですね。

渡部　そういう意味でいえば、私も今は非常に幸せです。毎朝、目が覚めると「なんて幸せなんだろうか」と思います。まず、音がしないんですよ。

米長　音がしないとは？

渡部　私は音に悩まされた期間が長かったのです。田舎にいたときは、おやじの耳が少し遠かったので、大きな音でラジオをかけていて、どこにいても聞こえるんです。

それから大学の寮に入ったら、ラジオを持っているやつがいましてね。上智の寮では、ウイークデーの夜の七時から十一時までは静かにしなければならないという規則があるのですが、それ以外の時間はラジオをかけているし、土曜日曜はもちろんかかっていました。「静かにしてくれ」というと、「ラジオを聞く権利がある」とかいうわけです。だから、土日などは休みの学校の教室に逃げて本を読んだりしました。自分の部屋で読書したかったのですが。

だからドイツに行ったときには、本当にほっとしたんです。「先進国では静かにしたい者の権利のほうが強いんだ」と実感しましたね。しかし、日本に帰ってくると再び音に悩まされることになりました。とくに当時の日本家屋というのは木造でしたから、自動車の音もするし、うるさかったんですよ。

今でもよく覚えているのですが、夏休みに子供を連れてホテルニューオータニに行って、部屋に入って戸を閉めると音がしないんですよ。「ああ、いいな」と思いました。

そういう経験をいろいろしているものですから、今の家を建てるときは全部二重窓にしました。そもそも静かな場所ではあるのですが、寝るときも、朝起きたときも、本を読むときも絶対音がしないというのは幸せですね。

米長　そういう幸せもあるのですね。

渡部　とくに「これ」というほどのものはないけれど、静寂の中にいるとしみじみと幸せなんです。

米長　ああ、いい人生ですね。

第五章

いかにして財を為すか

本多静六先生に学んだ金銭哲学

米長　人生の流儀というテーマを語るうえでは、やはりお金の話を抜きにはできません。何かをするときに、とりあえずのお金が前提となることも多いですよね。そこで今度は貯蓄について話していきたいと思うのです。先生は先ほども名前の出た本多静六先生から蓄財の方法を学んだそうですが、私にとっては、渡部先生が蓄財について考えていたというのが、大きな発見でした。

渡部　いや、私の金銭哲学についていえば、はじめは子供の頃に読んだ『キング』や『少年倶楽部』で貯金が大切だと漠然と知っていた程度だったのです。でも、本多静六先生の『私の財産告白』本を読んで、金銭あるいは蓄財というものに対する確固たる意見を持つようになりました。財についての私の意見を知りたい方は、是非、本多先生の蓄財法について書いた『財運はこうしてつかめ』（致知出版社）をお読みになることをすすめますね。

米長　本多先生の本を読んだのはおいくつのときだったんですか?

渡部　大学院に入るか入らないかの頃ですね。

米長　蓄財というと給料の一部を貯金するとか、商売を始めるとか、特許を取って特許料をもらうとか、いろいろありますね。でも、先生はどちらかというと、そういう蓄財とは全く無縁の学問の世界に生きておられたわけでしょう?

渡部　いや、もう学生時分は貧乏でしたから、いつ大学をやめなければいけないかと思ってハラハラしながら生きていたわけです。

米長　ああ、そうすると、金のありがたさとか、金のない苦労というのは身に染みておられたわけですか。

渡部　そうです。大学時代は金の心配ばかりしていました。それだけ金銭の重みは大きかったですね。ですから、本多先生の本はありがたかったんです。というのはね、本多静六先生も極貧で書生になっていたんですよ。米長先生の世界でいえば住み込みですな。

あるとき、その家の主人が「今度、山林学校ができるそうだ。そこは授業料がいらないそうだが、受けてみたらどうだ」とすすめてくれるわけです。この山林学校というのは後の東大農学部ですけれどね。本多先生はそれに飛びついたんです。そして、学校に入って必死に勉強して、まあ運にも恵まれまして、ドイツ留学後に東大の先生になりました。

ところが昔の観念だと、一人が就職すると親戚がみんな寄ってくるんですね。本多先生はまだ大学に入ったばかりのぺーぺー教師で薄給なのに、九人くらい居候《いそうろう》が来たというんですよ。

米長　そりゃたいへんだ。

渡部　これはどうにもならないぞ、と。そこで考え始めるんですね。先生は結婚されていたのですが、奥さんは旗本の娘で賢明な方でした。そこで先生は奥さんを説得するんです。どんなに苦しくても給料の四分の三で生活して、残った四分の一は貯金するように家計のやりくりをしてくれ、と。

奥さんはそれを断固守ったんですね。だから、月末になっておかずが買えなくて、二、三日はご飯にゴマ塩を振って食べてしのいだこともあったそうです。

米長　立派な人ですねえ。

渡部　要するに収入の四分の三で生活をして、残りを貯蓄に回すという蓄財計画を立てたわけですね。これは今の若い人にも通用するのではないかな。

たとえば新入社員で給料が二十万円くらいだとすると、十五万円で生活をする。これは可能でしょう。そして残った五万円は貯金する。また、思いがけず収入があった場合は、百％貯金する。今は金利が低いので、本多先生の頃と違って利子はほとんど期待できませんが、それでも利子は確実につきますから定期収入になります。その四分の一は貯金に繰り入れる。

こうして数年の間お金を貯めると、少しの株を買おうと思えば買えるだけの資金ができるだろう、と本多先生はいいます。そうやってできたお金で投資をするのは非常に堅実なのです。人からもらったお金とかあぶく銭を使った投資は損をするものだけれど、自分で貯めたお金というのは、増えたお金に比例して蓄財の知恵が出るというのが本多先生の考えでした。

実際、そのようにして巨万の富を築いた本多先生は、当時の淀橋の税務署管轄内

（今の新宿区に相当）で一番の納税者になりました。もちろん学問においても、東大で最初の林学博士となり、国立公園をつくる中心にもなった立派な方です。

米長　本多先生は何に投資をしていたのですか？

渡部　株、そして山林などにも投資をされましたね。お金を儲けるにはいろいろな方法があると思いますし、その道その道で違うと思います。ただ、本多先生の場合はサラリーマンとして出発して、大がつく富豪になられたという点が重要です。われわれも参考にできる、ということですね。

その本多流貯蓄術の基本となる考え方が、「種銭をつくれ」ということなのです。そして、その種銭づくりは給料の四分の三で生活するところから始まるのであるというわけです。ここがしっかりできるようになると、自然に金銭感覚が身に付いてきます。その金銭感覚は、自分が働いて手にしたお金によって身に付くものですから、浮いついたものではない。だから、増えたお金の量に比例して知恵も増えるというわけです。これは非常に重要な指摘だと思いますね。

米長　それは非常に大事なことですね。お金を貯めるために道徳あるいは人格を失うことが多いと思うんですね。たとえば政治家でも、最初はすごく立派な志がだんだんおかしくなってきて、なんのために政治家を志したのかわからなくなってしまう。気がついてみたら私利私欲に走って、金が増えるたびに、だんだん顔つきが悪くなるし、心も卑しくなる。そういう人が、あまりにも多いような気がするんですけどね。

渡部　本当ですね。金銭感覚がおかしくなってしまうわけでしょう。

本多先生が、お金の貯まった量に従って知恵が出るといっているのはどういうことなのか。たとえば、その時々の世界情勢を判断して株を買う人もいるだろうし、国債を買う人もいるだろうし、土地を買う人もいるでしょう。要するに、その人が置かれた立場で、そうした判断が的確にできるようになることを「知恵が出る」といっているのです。自分で貯めたお金の使い方をしっかり考えると、利口になるということです。

本多先生は林学の専門ですから、お金ができるとその方面に投資をして莫大なお金を儲けられました。当時はただみたいな山林がたくさんあったのですが、鉄道が敷かれて材木を引き出す便宜さえあれば山はすぐに高くなりますからね。そういうものを買ったりして、財を築いたわけですね。自分でつくった種銭があれば、それぞれ自分の専門知識を利用して儲けることができるというわけです。

渡部流損をしない株式投資の考え方

米長　先生は株に投資されたことはありますか？

渡部　最初は株でしたね。幸いにして高度成長時代でしたから、投資をすれば必ず儲かりました。

米長　その株式投資には誰かの指導を仰いだのですか？

渡部　本多先生に考え方を学んだ部分はありましたが、実際どの株を買うかというのは、自分で判断しました。本多先生に学んだのは、博打をしないということです。本多先生は一か八かというのは投機であって投資ではないと考えて、一流株だけに投資をしたんですよ。

本多先生の投資法というのは非常に明快です。まず利回り八％の株を買う。それで、その株の人気が出て利回り六％になったら躊躇《ちゅうちょ》しないで売る。それを繰り返すだけで豊かになるというわけです。私もこの考え方は真似しました。
　もう何十年も株をやっていないので今の様子はわかりませんが、私が株を買っていた頃は、一部上場で堅い株がありました。そうした会社の株の利回りが八分になったら買うわけです。そうすると、景気がよくなると配当率が年間で一割五分くらいになりました。松下電器などだと一割八分とか二割くらいになることもありましたね。
　利回りが八分というのは、あまり景気がよくないときですが、そのときに買っておくと、景気はやがて必ずよくなるから損をすることがない、というのが本多先生の教えです。まとめると、本多先生の投資の最も基本的な法則は、利回りのしっかりした株で、たとえば配当率が一割五分ある株で利回りが八分になっているときは買う。そして利回りが六分に下がったら売る。そうすると、かなり儲かるぞ、というわけですね。

米長　それはたいへんなもんですよ。

渡部　それを私は自分なりの別の法則を考え出してやっていましたが、百発百中で儲かりました。まあ時代がよかったということもありますがね。
しかし、途中から仕事が忙しくなったし、株もわからなくなったのでやめました。わからなくなったというのは、株が投機的に取引されるようになって、利回りという堅実な話ではなくて、博打みたいになってしまったと感じたからです。その境目は田中角栄が首相になった頃だと記憶しています。だから、あの頃から株は全然持っていません。

米長　株以外には何かなさいましたか？

渡部　土地を地価が安いうちに買いました。結果的に、わりと堅い資産として残りました。
ですから、私の場合、蓄財については本多先生様様です。本多先生とは投資の仕方も違い、得た収入も比較にならないほど些少《さしょう》なものですけど、金銭感覚の身に付け方では実にいい教えとなりましたね。

貯めたお金は損することに使ってはいけない

渡部　この本多流の貯蓄術を実践するためには、結婚をしている人なら奥さんに納得してもらって協力してもらわなくてはいけません。そして、少し貯まったら、それを元手に投資をする。そのときに大切なのは、貯めたお金は絶対に損することに使ってはいけない。甘い言葉には決して乗らないことです。それが金銭感覚というものです。

大体投資で損する人は、突然転がり込んだお金で損をしているんです。一番損する集団の一つは主婦です。これは元手が亭主の稼いできたお金ですからね。それから老人は退職金をつぎ込んで失敗をする。これも転がり込んできたお金です。ともに金銭感覚を育ててつくったお金ではないのです。

自分で汗水垂らして稼いだお金だと、ないがしろにできません。だから、それを投資するときにセンスが身に付くのです。「これは怪しい」と勘が働くようになるわけです。これが重要ですね。貯める金額の大小よりも、金銭感覚を身に付けることがまず大切なのです。

お金のない人に人生の相談をしてはいけない

渡部　それからもう一つ、私の見たところ、お金がある人のほうが話を聞いていても信用できますね。金のない人には絶対に人生相談をしてはいけない。これは私の、本当に手痛い経験です。

米長　金のない人に人生の相談をしてはいけない？

渡部　絶対いけません。変な正義を振り回して無責任なことをいいます。

米長　私は、別れたかったら女性に相談する、別れたくなかったら男に相談する。

渡部　それはまた非常に限定された分野ですな（笑）。

まあともかく、お金を持っている人は決して格好のいいだけの話はしないんです。

米長　これはよくわかりますね。

渡部　大学の先生というのは、人にもよりますけど、人生相談の相手としては非常に危険であることを私は本当に骨身に染みて感じました。あの人たちのいうことを聞いていたらどうなっていただろうと思いますね。今でも家も書斎も持てなかったことは確かです。それから、いろいろ損したこともたくさんあります。

たとえば、私は留学から帰ってきてすぐ、二十八、九歳の頃に、多摩の奥地に土地を一万坪くらい買おうと思ったんですよ。不便だろうけれど、最寄りの駅まで家内に車で送ってもらえばいいわけですからね。これは外国では当たり前の発想です。

ところが、それに対して怒った先生たちがいたんですよ。「あいつは自動車を持とうと考えている」と。あの頃は自動車を持つなんて贅沢でしたから、人でなしみたいにいわれました。まだ女房もいないし、自動車を買うお金はなかったし、買うといったわけでもないのに、ですよ。

米長　だから大学教授に人生相談をするな、と。

渡部　絶対にだめ。相談するなら、裕福に暮らしている人にすることです。そういう人の穏やかなアドバイスが一番無難です。

米長　そうですね。やはり金持ちのほうが福分を持っていますからね。

それから、この世の中には「捨て屋」と「拾い屋」というのがあるんですよ。拾い屋というのは、本多先生のように毎月毎月少しずつ貯めていくわけです。それで金が増えていく。その一方で、捨て屋というのがいて、この人は遺産相続で何十億もらっても必ずゼロになってしまう。不思議なのは、自分で使わなくてもそうなるんです。想定外の出来事が起きてね。

捨て屋というのは、やることなすことみんな失敗して、特別悪いことをしたわけでもないのに、結局すってんてんになってしまう。そういう運がなくてお金がなくなった人には絶対に相談しちゃいけないですね。

渡部 そういう人たちの多くは奥さんに問題があるように思います。人間が悪いというのではないけれど、自然と金が出ていってしまう人がいる。いわゆる「さげまん」ですね。

米長 ああ、それは顔を見ればわかる。私は〝あげさげ〟の判定については天才的なんです（笑）。結局、それは運を持っているかどうかなんですね。ねたみとか嫉《そね》みとかひがみとか、そういう感情を持っている人は大体運気を損なって、さげまんになります。

渡部　その点、私は家内を絶対に信用しているんですよ。本当にすごいと思ったのは、結婚して七、八年目に私がアメリカに一年行っていたときです。当時は外国にいる間は上智の月給は七割くらいしか出ませんでした。もちろん、その他に教えていた学校の収入はゼロになる。だから、貯金が減ってもおかしくないのです。何しろ子供三人がいて、住み込みのお手伝いさんがいて、そして私の親父が同居していましたから。ところが、私がアメリカから帰ってきたら貯金が増えていた。家内が倹約して生活を引き締めていたのでしょうね。

そのとき私は、昔、読んだ話を思い出しました。それは水を張った樽の話です。樽の上からいくら掬《すく》っても、水はなかなかなくならない。ところが、樽の底に小さな隙間があって、そこからちょろちょろ水が漏れていると必ずなくなってしまう、というわけです。

だから、派手にばーっと使っても、元が締まっていれば大丈夫なのです。逆に、一度にたくさん使わなくても、元が緩いとお金はなくなってしまう。

というようなことで、うちは経済的にはお互いに百%信用しています。

米長　結局、そういう人をあげまんというのでしょう。

渡部　相槌を打つべきなのか何も反応しないほうがいいのかわかりません（笑）。

米長　確か十六年前に本を出したときにも、あげまん、さげまんの話をしましたね。あのときは「定義はない」という結論だったけれど、やっぱり定義はある。十六年たったら、それがわかった（笑）。

何のためにお金を貯めるのか

渡部　もう一つ付け加えるならば、なんのために投資をするのかを明確にする必要があります。私の場合は、自分が勉強しやすい環境をつくること、本が買えること、それから子供の志を伸ばせるように手助けしてやることを目的としました。

米長　金銭哲学というのは人生哲学とミックスしているところがありますね。

渡部　その通りです。お金は貯めればいいというものではないと思うんですよ。銀行家などであれば、貯めれば貯めるほど仕事ができることにつながると思いますが、われわれは目的がないのに貯めても仕方がないわけですからね。ですから、貯蓄をする明々白々なる目的を掲げることが大事なのです。

結局のところ、金銭というのはいかに使うかです。無駄なことに使わないようにするためには、しっかりと目的を定めて、目的に合わせて使うことが大切です。

たとえば、子供が将来プロの音楽家やカメラマンといった仕事を本気で目指しているのであれば、小さな頃からでも、いい道具を買い与えてやるのも大切なことでしょう。子供だから価値もわからないし、安物でかまわないというものではないのです。虫捕りが好きなら立派な図鑑だとか、本が好きなら大人の辞書とか、本物を座右に持つと道具からの影響も受けます。昔の武士なら菅実秀《すげさねひで》のような立派な刀とか。楽器などは顕著ですが、名器といわれるものは明らかに音が違います。いい道具によって真剣度が増してくるということが確かにあります。

ですから、子供のためにお金を使うのならば、立派な教育、つまり立派な師につける機会を与えることが大切だと思いますね。

米長　確かに貯めるより、使い道を間違えないほうが難しいかもしれませんね。

損をしたときの態度で人間が見える

渡部　お金の使い方について、本多先生の例を紹介しておきますと、先生は山林で築いた財で奨学金をつくられたんですね。昔の金持ちというのはわりと立派な人が多くて、各地方の名士と呼ばれるような金持ちがそれぞれ基金を設けて奨学金を出していたんです。ところが戦後のインフレで、そういう奨学金制度は大体がだめになってしまいました。

ところが、本多先生の奨学金は山林によってつくったものだから、戦後復興で材木の需要が高まって、木はいくらでも高く売れました。インフレでもビクともしなかったのです。

そういうセンスを身に付けるために、貯金の意味があるんです。その貯金も守銭奴の貯金じゃなくて、目的をしっかり決めて行うのが大事だということですね。

私が本多先生の金の使い方で最も感心したのは、晩年に自分の子供のためにお金を残すようなことはせず、すべて寄付をしたという点です。子供たちはそれぞれ、女の子は立派な家に嫁にやり、男の子は立派な教育を受けさせて、立派に育てられました。金銭ではなく、自分の力で生きていく基礎を与えたわけですね。この前、お孫さんが亡くなられましたが、この方は東大の先生で、晩年は理工系の大学の学長までされました。孫の代まで立派なんですよ。

そして、先にもいいましたが、本多先生は老後に悠々自適の生活をするための財産として、南満洲鉄道と横浜正金銀行という当時一番安定した株を買っていました。ところが日本は戦争に負けて、満鉄はなくなり、横浜正金銀行は潰れてしまいました。そのときに先生は「国家がこんなになるというのは、個人の配慮の外である」というようにお書きになったんですよ。そして、悲嘆するでもなく、すっぱりあきらめて、再び著述活動を始めてベストセラーを書いて、亡くなる前にはまた寄付できるほどの金持ちになったのです。

あの金銭感覚は素晴らしいですね。敗戦のとき、先生はすでに七十九でしたから、普通ならばガックリきてもおかしくないのですが、超然とされていたわけです。

米長　普通は気力がなくなってしまうものですけどね。七十九歳からまた立ち上がるというのはすごいですね。

渡部　国家が戦争に負けた結果だから、それに対してぐずぐずいっても仕方がない、自分が間違ったわけではないのだから考えてもしかたない、また始めればいい、というわけでしょう。これは立派な悟りですよ。まさに本物の生き方ですね。

先生は八十六歳まで生きられるのですが、堂々たる人生でしたね。本多先生の本はすべての青年に読ませたいような気がします。

将棋に打ち込む自分と、金持ちになりたい自分

渡部　米長先生の蓄財術はどういったものですか?

米長　今から考えるとお恥ずかしい話なのですが、私は三十歳のとき、金持ちになるという夢があったんです。金持ちになって何をするかというと、一つ目的がありまし

た。イースター島という、モアイの像のある謎の多い島がありますね。当時、イースター島について書かれた本を読んだところ、嘘かホントか知りませんけれど、モアイの周辺の土地の所有権をある外国人が買い占めているというんです。それで牧場みたいにしているというのですが、それを私が全部買いとって解放しようと思ったんです。そして、私のモアイ像をそこにつくろうと（笑）。そのためには三十三億円いるというので、その金を貯めるために、金持ちになると決めたんです。

渡部　面白い動機ですね。

米長　ところが、将棋を指していると金持ちにはなれないんですね。というのも、将棋というのは、一所懸命指して勉強している間は学者が研究をしているようなもので、お金が入ってこないのです。もちろん対局料はもらいますけれど、飲まず食わずで対局料を貯めたところでたかが知れています。

では、金持ちになるために何をすればいいかと考えて始めたのが、投資とか投機です。金が金を生むと考えたわけですね。江戸時代に本間宗久《そうきゅう》という相場の神様といわれた人がいまして、この人は勝負強さの点で最高でした。この本間宗久の遺言書というのがありまして、それには相場の必勝法が書かれていました。私はそれを研究したのです。

ところが、自分が株の取引に一所懸命になると、将棋は負けてしまうんです。でも、将棋だけやっていたのでは、金持ちにはなれない。そこで私は、自分を二つに分けて考えることにしました。

要するに、株の売買を片一方でしておいて、将棋は将棋で打ち込む。金持ちになりたい自分と、将棋を一所懸命やりたい自分とを、完全に分けたのです。これをいっしょくたにすると、金持ちにもなれないし、将棋も弱くなってだめだから、二重人格のように、全く二人の別の人間になって考えるようにしたのです。

それが私の生き方にもなりました。それからというもの、私の中には、全く何も考えないで将棋だけに打ち込んでいる自分と、金持ちになりたいと思って、どういう株が上がるかという目で世の中を見る自分と、常に二人いるんですね。

米長流株の買い方、売り方

米長　ところが、株ではやっぱりダメだということが最近わかってきたのです。結局、私がやった株は投機だったのです。渡部先生もいわれたように、投機という言葉と投資という言葉がありますね。投資として株を持つというのは、資金を定期預金にするとか、金《きん》を買うのと同じようなもので、何を選ぶかと考えて選択すればいいわけです。大儲けすることはないけれど、大損することもありません。

投資というのは、資産をそれに投ずるから投資なんですね。これに対して、投機というのは機に投ずるものだから、株が上がって高値をつけたと見れば売りに出る。信用取引で空売りもするんです。それから、株が下がって底値だと思えば買う。今がチャンスだと思ったときに売買するわけですね。だけど、自分にはそれができないとわかったのです。

財運の達人に学ぶつもりで本間宗久の遺言書を読んで勉強していろいろやってみた

のですが、最終的に、自分にはその通りにできなかったというわけです。

まあ、株の顛末というのは話せばきりがないのですが、私が学んだ根本的な考え方だけお話しすると、株はなぜ上がるかというと、天然自然の道理で上がるものなのです。決して人間の考えた理屈で上がったり下がったりするものではない。そのことを最初にわかっていないとだめですね。それが最も初歩的な考え方なんですよ。「こうすれば儲かる」というのは、もう一つステップが上がったところの話なんです。

一例を挙げれば、こういう話がありました。ある製薬会社が、癌に効く新薬の開発に成功したというニュースが私の耳に届いたんですよ。そのとき、その会社の株価が二百二十二円でした。これをどう判断するかです。もし本当に癌の特効薬ができたのなら、すごいことですよ。人類を救うわけですからね。

私はまず友達の医者に聞いてみました。「この薬はどうなんだ」と。すると、「最近しきりに使われ始めた薬だ」といいます。「どんな特徴があるの?」と聞くと、「値段が高い。新薬で保険がきかないし、研究費の元を取らなくちゃいけないから」と。「副作用はあるのか」と聞いたら、「ない」という。最後に「効くのかい?」と聞いたら、「多分効かないと思う」という答えが返ってきました。

私の判断は、この株は暴騰するだろう、というものでした。そうしたら案の定、四倍の八百四十円くらいになりました。予想は見事的中しました。

渡部　それはすごいですね。株が上がる根拠はなんだったのですか？

米長　まず副作用がないという点を評価しました。副作用がある薬はだめなんです。次に、値段が高いという点は気にしませんでした。癌ですから、薬を使わないと命を落とすという人は、いくら高い薬でも使いますからね。

問題は「効かない」という部分をどう判断するかです。結論からいうと、製薬会社の株を買うときは、病気に効くという薬をもし本当に開発した会社があったら、それは買うときではなくて売るときなんですよ。その会社の株を持っていたら、手放さなくてはいけない。逆に、効かないと聞いたら、それは買いです。

なぜかというと、本当に癌に効くというのであれば、その情報は、製薬会社の偉い人はもちろん、取引先である証券会社もわかっているでしょう。もちろん、そこで株の売買をするとインサイダー取引になるのでしてはいないでしょう。とはいっても、一市民の私のところに情報が来るまでには、いろいろな人が情報を得ているはずです。ですから、もし本当に効くのなら、その株はすでにみんなが買っているはずです。株価も上がっているはずですよ。

最初にその株を買った人は絶対上がるとわかって買うのですから、しこたま買っていますよ。その人は、たとえば百円で買っておいて、二百円くらいになったところで「この株は千円はいくよ」というような情報を流してから売るのです。だから最初に買った人は確実に儲かるのですが、私の耳に情報が入るのは、大量に買った人が売り抜けようとする頃なんです。だから、そういう株は買ってはいけないのです。

しかし、新薬がそれほど効かないとすると、その情報を耳にした人は、さして株の値段が上がるとも思わないから買わない。ということは、株が安いままなんです。

こういう株は買っておいて損はありません。それほど効果はないとしても、癌の新薬が出れば必ずニュースになるから、株は上がるんです。その上がった頃に売るわけですね。ですから、製薬会社の株を買うときには、その薬が効かないということが一番の条件になるわけです。

渡部　なるほど。効く薬は買わないで、効かない薬は買う。これはまさに逆転の発想ですね（笑）。

大山康晴流「安全第一」の哲学に背いて

米長　実は、株の買い方について、大山康晴という大先生に戒められたことがあるんですよ。でも、私はそれに従わなかったんだな。大山先生の人生哲学を聞いて尊敬できるなと思えば、その通りにしたと思うのです。ところが、大山康晴という人はどうも私とあまり気が合わないんですよ。

渡部　わかるなぁ。

米長　大山流の生き方をしたら、自分の仕事がおかしくなってしまう。自分の人生が大山先生に似てきてしまうのは耐えられなかったんです。

　大山先生は私にこういったんですよ。「米長さん、自分も土地と株を買うけれど、あれは一度買ったら死ぬまで手放してはならないものだ」と。これが大山流なんですね。確か先生には三人お子さんがいたと思いますが、それぞれに土地付きの家を遺しておられます。奥さんも立派な邸宅に住んでおられるから、まあ、いい夫であり、いいお父さんだったのでしょうけれど。

渡部　私は大山先生を個人的に知っているわけではないけれど、ああいう風にはなりたくないと思った。というのは、自分の自由になるお金が全くなかったでしょう。そんなもの、貯めたって意味がないじゃないですか。

米長　大山流のものの考え方というか、哲学というべきかわかりませんが、「安全第一」なんですよね。たとえば、沖縄に棋士仲間で旅行に行ったときに、みんな海で泳いでいるのに、大山先生はくるぶし以上深いところには絶対入らないんですよ。どんなに遠浅の海でも溺れないとは限らないからって。その考え方が人生全般に反映されていたと思います。

渡部　将棋で安全な手を指す分にはいいですけれど、人生としてはつまらないでしょう。

米長　とにかく安全に安全を重ねて、青信号でも渡らずに次の青信号まで待って渡る。

そういう人ですから、株というものはこう、土地というものはこう、という一つの哲学を持っておられました。
渡部　それは確かに一つの立派な人生哲学ですけれど、私は御免ですね。
米長　私もそういう人生になったのでは将棋も人間もおかしくなると思って、余計に反発してしまった。それで、自分の住むための土地は買いましたけれど、株は信用取引で投機に走った（笑）。
渡部　株もほぼ百%損をしない方法があるんですよ。いい株を買って高いときに空売りするんです。それで、下がったときに買い戻せば株の数を減らさずして、丸儲けですよ。そういう方法はあることはある。でも、投機をする人は待ちきれないでしょうね。
米長　投機というのは博打に近いですからね。大体、儲かることはないですね。
株のことでみんなが誤解をしているのは、株はみんなが買うから安全に儲かると思っているところがあるけれど、そうじゃないんです。「儲かる」というのは、安いときに買って高いときに売って金が増えたことをいうのであって、買うだけでは儲けにはなっていないんです。
　商品だってそうですね。つくっただけでは儲からない。売れて初めて儲けになる。だから、値が上がったときに「売った」という事実が大事なんですよ。
渡部　その通り。儲けというのは売ったときにしか出ないわけですね。それを徹底的にやったのが、山種証券創業者の山崎種二ですよ。考えてみると、株で大財産を残した人はみんな売りがうまかった。潰れた人は買いにのぼせた人です。
米長　それと、信用で売るのはまだいいけれど、信用で買ったらだめですね。信用取引というのは、売ったときには利子が入り、買ったときは利子を払います。だから売ってこその信用取引なのですが、売りには危険が伴う。怖いですよね。

分相応が一番の幸せ

米長　まあ、そのようにいろいろ研究はしたのですが、最終的に株では儲からないとわかったので、やめてしまいました。

渡部　何歳くらいのときにやめたのですか？

米長　あれはバブルがはじけた直後か、バブルの真っ只中ですね。やめた一番の原因はね、金が儲かってしょうがなかったからなんですよ。ここが大きな問題で、本業の将棋だけを朝から晩まで一所懸命やって得る収入よりも、電話一本でできる株のほうがはるかに儲かるんですよ。

ある日、朝から晩まで将棋を指して二キロくらいやせて家に帰ってきました。そうしたら、朝電話一本入れて買った株が値上がりして儲かっているんです。そのとき、これではさすがに自分がおかしくなるなぁと思いました。将棋は将棋、株は株で完全に分けるといっても、株があんまり楽々動いて簡単に儲かってしまうと人間が変わってしまう。いつかは不幸な出来事が起こるのではないかと思いましたね。それで株からは手を引きました。

渡部　それは生き残った人の生存本能でしょうね。

米長　あ、そうかもしれない。どうしても本業が侵されるんですよ。株をやっている自分と将棋をやっている自分がいるけれど、やはり将棋の自分が本物だという気持ちがどこかにある。だから、いくら金を儲けても、それは本物の自分ではないと信じているわけですね。

たとえばマス目を一所懸命埋めて原稿を書いて得た原稿料の十倍のお金が電話一本入れただけで得られるとしたら、ばかばかしくて原稿なんて書いていられなくなるじゃないですか。それが一回だけならいいけれど、次の日も次の日もそうだとしたら、やはりおかしくなりますよ。

渡部　それはおかしいからといってやめるのが、生き残る人ですね。

米長　ところが、そう思ってもやめられませんでした。欲というのはそういうものですね。どうしたって金は多いほうがいいと思ってしまう。なんとか私はやめることができましたけれどね。

渡部　運を株で使い果たしてしまうのではないかと怖れたわけですね。

米長　金持ちになるのはいいでしょうが、それでも何か嫌な予感がするんですよ。「悪銭身につかず」じゃないですが、どこかでおかしくなるものなんです。

それで株をやめるためになけなしの金で土地を買って、家を建てたんです。さすがに現金で買うほどは金がなかったので、ローンを組みましたけれどね。ローンを組むには、頭金を払って、残りを毎月分割で払っていきますね。ということは、手持ちの余剰資金がないということなんですよ。金がないと株はやれない。やれたとしても知れた額です。ローンというのは強制的な借金ですからね。土地を買ったら、土地を担保になんとかというわけにはいかない。

それから、平成元年くらいに隣の一戸建てに住んでいた方が亡くなりまして、相続する人が売りたがっているというので、それを買いました。その古い一戸建ては将棋道場にして、若手のプロの修業の場にしました。そのおかげで、私は平成五年に名人になれたんですよ。

つまり、株を全部手放してローンを組んで、一軒隣の家も買って借金を払っている間に若手が集まってきて、元気を出して将棋が強くなって名人になりました、という話です（笑）。それで、今の私の全財産はその二軒だけしかありません。借金を全部払い終わって残ったのはその二軒のみ（笑）。それが私の財運というか、お金の物語です。

渡部　結果としては、上手なお金の使い方をしたわけですね。

米長　結局、分相応の金を持っている人が幸せだと思うんです。私が土地を買ったときというのは、本当は分不相応なんですよ。というのは、一所懸命将棋を指したのと同じくらいの金額であればそれでよかったのですが、そうではありませんでしたからね。

あるいは、何もしないでも置いておいた株が永遠に上がっていくのなら、それもいいと思うんです。よくないのは、売ったり買ったりしなくてはならないところ。株が上がるから儲かって、それを売る。そして、今度は違うものを買って、また上がる。この繰り返しですからね。これがよくない。

渡部　その危険を感受したところは、さすがに名人です（笑）。

米長　ナポレオンが、「勝ったと思った瞬間が、最大の危機である」という名言を残していますね。つまり、金持ちになったと喜んでいてはだめなので、やはり「勝って兜の緒を締めよ」でなくてはいけない。

渡部　ああ、それは反省の弁ですね。ナポレオンはこうもいっていますね。

「どんな小さい戦争でも、負けた知らせはすぐ教えろ。勝った知らせは少しゆっくりでもいい」と。

米長　ああ、それは素晴らしいですね。

渡部　負けたときにはすぐに手を打たなければいかんということですね。

米長　話が飛びますけれど、昨年の総選挙で民主党が大勝して、衆議院に三百議席も持っているでしょう。勝った、と思ったでしょうね。なんでも好き放題にできるわけですから。でも、それが民主党にとっては最大の危機だったんです。鳩山首相が沈没して、菅さんだっていつまで持つかわからない。将棋でいうと、アマチュア初段以下というレベルでしょう。

本来は、三百議席を持っているということは必勝形なのだから、負けるはずがない。少しくらいのヘマをやってもどうってことはないはずです。ところが、今や民主党は国民の信頼を失って見る影もない。ということは、分不相応の議席数を持っているということですよ。

渡部　実力に相応《ふさわ》しいやり方でなきゃいかんということですね。民主党についていいえば、政権を担うには未熟すぎたということでしょう。転がり込んできた運をうまく生かせなかった。

米長　そうですね。だから、金も運ですね。運気というのは、自分の器以上に溜め込んではダメだということでしょう。運も金と同じで、幸せすぎるというやつがあるんですよ。それが危ないことに気がつかないといけないんです。

渡部　米長先生や私は幸いにして本能が麻痺しきっていなかったのでしょうね。それは本業、本職があったからでしょう。本職に一所懸命打ち込んでいて野垂《のた》れ死にした人はいないと思いますよ。

第六章

夫婦のあり方～家庭の流儀～

夫婦の幸せは人生観を共有するところにある

米長　さて、ここでは人生の伴侶《はんりょ》たる妻について語ってみたいと思います。要するに、こんな夫婦のあり方が理想的ではないかということを体験的に語ってみようというわけです。まあ私の場合は、一言でいえば「かみさんには勝てない」というのが結論になると思うんだけど（笑）。渡部先生の奥さんは、先生の部下であると公言されているそうですね。素晴らしい奥さんですね。

渡部　上官によく文句をいう部下ですけどね（笑）。でも、確かに部下だと思っているのでしょう。おそらく自分の両親の関係を見ているから、それがいいと思っていたのでしょうね。

夫婦のあり方についていえば、私も家内もそうですが、いい意味で封建的です。私の世代は、田舎ですからもちろん昔風な家でしたし、家内の父親も昔風の人でした。そのため、家内は桐朋学園の一期生で小澤征爾と同期で、学生の頃もＮＨＫのオーディションに通ったりしていましたが、プロの音楽家になるよりも結婚生活のほうが重要だと思っていたようです。それは私と人生観が同じだったのです。

ですから、夫婦は人生観が同じであることが大切ですね。それは家内にとっても幸せですし、もちろん私にとっても幸せでした。

それから昔風の女性ですから、男を立てることを知っています。私に対して文句をいうことがあっても、子供に対しては常に私を立ててくれました。夫婦ですから、私に対しては文句タラタラですよ。でも、タテマエでも夫が上官というのはいいんですよ。それは男の子を持った場合によくわかります。家内は、男の子に対してだけは、いつも私が正しいということにしてくれていました。だから精神状況は安定してよかったのではないですかね。

女の子が問題を起こすこともありますけれど、それはたいしたことではない。なんといっても男の子です。家庭内暴力から殺人から、たいてい男の子ですから。その原因は一言ではいえませんが、かなり大きな理由と考えられるのが、母親が父親を子供の前で常に立てていたかどうかだと思うんです。

米長　それは非常に大きいですね。多くの弟子を持ってみて、あるいは後輩や仲間を見ていても、母親と父親の関係がどうなっているのかはよくわかります。

渡部　学生などだと、家庭環境が全然わかりませんから、生活指導ができないです。米長先生のところは内弟子制度があるからわかると思いますが。

米長　根掘り葉掘り、聞いていきますからね。今は会社の人事部が面接をするときにも、そういう質問をしちゃいけないことになっているでしょう。でも、私にいわせれば、それは教育をするなということですよ。

渡部　確かに聞かなくてはわからないことがあります。

米長　とにかく母親が父親を立てるというのは絶対に必要ですね。石原慎太郎都知事の息子さんが何かに書いていましたが、夫婦喧嘩をしたときに子供が母親の味方をすると、いつの間にか母親は父親の味方になっている、と。

渡部　いいご家庭ですね。だから四人ともよく育ったのでしょう。石原慎太郎都知事の奥さんも昔風の、本当の意味で賢明な女性です。夫婦が喧嘩をしたときに、子供が味方してくれたからといって妻が夫と角突き合わせてはいけませんよ。「子供もあなたが悪いといっているじゃないの」というのは絶対にだめですね。

子供が伸びる家庭というのは、間違いなく夫婦が仲良くて、妻が夫を尊敬していま す。それ以外にないですよ。そうでない家は、だいたいの子供がおかしくなる。とくに男の子はそうですね。というのは、やはり小さな頃は、男の子にとって母親が一番親しい存在なんですよ。そしてあるとき自我に目覚めて、自分は男だと気がつくわけですが、そのときに、自分が一番好きだった女性、つまり母親が父親を尊敬しているというのが心のよりどころになるんです。

それなのに、実は違うお父ちゃんが好きだとか（笑）、こんな男と結婚しなきゃよかったなんていうとおかしくなる。だから女性にアドバイスするならば、立てたくないような男とは結婚するな、ということです。うまくいくはずがありませんからね。

米長　私は、子供というのは母親で決まると思っています。そして母親の役割は、ただ一つしかないんです。それはまさに渡部先生がおっしゃったように、子供の前では父親を尊敬しているふりをすることです。もちろん、本当に尊敬をするのが一番いいのですが、それが無理ならふりでもかまわない（笑）。これが非常に大事なことですね。

積もる話はお墓の中で聞かせてもらう

渡部　米長先生の考える理想の夫婦像というのはどういうものですか？

米長　平凡ですけれど、夫婦仲良くということでしょうね。それが一番です。

実は、私、もう夫婦の入る墓を買ってあるんですよ。かみさんがいろいろいうので、それじゃあというわけで、新井薬師の近くにある東洋大学を創設した井上円了《えんりょう》の墓のある墓地に私たちの墓を買ったんです。まだ墓石はつくっていませんけどね。

それでこんな話をかみさんとしたわけです。多分この墓には俺のほうが先に入るだろうなぁ。そのうち、おまえさんも入ってくるだろう。この中に入れば二人きりだから、積もる話はここに入ったあとでゆっくり聞こう。だから、今はあまり話をしないでくれよ。俺は今、将棋のことやら連盟の経営のことやらで頭がいっぱいなんだ。だから生きている間は、静かにしておいてくれよ、とね。

渡部　そうしたら奥さんはどういわれました？

米長　はい、わかりました（笑）。それで終わりです。
渡部　すごい奥さんですな。
米長　どこまで本気か知りませんが、「私はあなたの下女ですから」といっていますけどね（笑）。だから、何が一番理想の夫婦かといったら、お墓でもなんでもいいのですが、夫婦が一心同体だという満足を得ることなんですよね。それで夫婦仲良くできれば、これが最高の夫婦関係だと思います。
渡部　それは確かにそうですね。

子供に劣等感を持たせないように配慮する

米長　先生は子育てにはあまりかかわらなかったですか？　今は夫が家事育児を手伝うのが正しいようにいわれますけどね。
渡部　私はしなかったですね。ただ、私は子供に受験勉強はさせたくなかったんです。かといって、遊んでばかりというのもどうかと思ったから、家内の関係もあって先生について音楽を習わせたのです。幸いにして子供にその方面の適性があったものですからね。

ところが、音楽に取られる時間が膨大ですから、今度は学校の勉強ができなくなる怖れがありました。とくに数学だけはできないと劣等感を持つと思ったんです。そこで家庭教師をつけました。これは家内の名案で、家内の中学のときの先生で定年退職されていた方が近所に住んでいらっしゃったんですよ。非常に教え方が上手いというので、その先生にお願いして、数学だけは最初から教えてもらいました。だからうちの子供は、東大に行った同級生にも数学だけは負けなかった、と自慢しています。

数学ができると、自分は頭が悪いという発想が浮かばないんですね。むしろ自分は頭がいいと思っていますから、ほかの成績が悪くても平気なのです。社会科ができてもあまり頭のよさの自慢にならないけれど、数学ができると周りも頭がいいと思いますからね。

そういうわけで、中学の数学までは基礎からきっちり教え込みました。そうすれば必ずできるようになる。これは家内が主導してやったことですけどね。

私が携わったことといえば、その数学の先生が家に来られたとき、実に丁寧にお迎えして、丁寧に送り返したことですね。それを見て、子供は先生に対する尊敬の仕方を知ったと思います。家庭教師というと、雇っているという発想をする親がいると思いますが、そうではないんです。先生なのですから、うやうやしく迎えなくてはいけない。そして、お帰りのときはちゃんと門まで送って、先生の車が見えなくなるまでお見送りしなくてはいけない。それは親の務めですね。

米長　背中で子供に礼儀を教えるわけですね。それは大事なことですね。

子供に自信をつけさせるために身体を鍛える

渡部　それからもう一つ、父親としては心配だったのが、子供の体格のことです。長男は運動神経は悪くなかったのですが、少し太っているわりに首が細かったのです。それがちょっと心配だなと思って、三点倒立を毎日やらせました。だから今は、首ががっちりしています。

それから、太っていますから走らせると速くないんですよ。これはよくないというので、毎日縄跳びを千回やらせました。最初は私が見ていて数を数えていたのですが、そのうち数えるのが嫌になって、だいたい千回で何分かかるかわかるようになると、時計を見るだけになりましたけれどね。

それは小学校六年くらいのときだったと思いますが、千回を半年か一年続けますとやはり身体が変わっていきます。今では非常に足も丈夫だし、山登りもやります。

米長　父親としては要所要所を押さえておられたわけですね。

渡部　そうですね。それから、泳ぎができないやつは臆病だということを発見しましてね。というのは、学会でわりとできる人なのに発表するのを怖がる人が何人かいたんですよ。偶然、気がついたのですが、その人たちはみんな泳げないのです。因果関係があるかどうかわかりません。でも、そういうこともあるかもしれないと考えて、夏休みは子供たちを鶴岡の海に連れて行って泳がせました。だから全員、海で泳げます。

そうしたら面白いもので、息子が親になると、今度は私の真似をして自分の子供を泳がせているんです。子供にとっても底の見えないような海を泳げるのは嬉しいし、自信になるんですね。

米長　何か一つでも自信を身に付けさせることは大事でしょうね。

渡部　それは重要だと思いますね。ただ、子育てに大変熱心で、子供と一緒に遊んだりして見た目には非常にいい雰囲気の家に育った子でも、勉強面で絞られていないと結果的にだめになるという例をいくつか見ています。

米長　親子の仲はいいけれど、子供がだめになるのですか?

渡部　ええ。そういう家庭は勉強のほうで子供に楽をさせている。締めていないんですよ。そうすると、子供にとっては非常に楽しい家庭ではあるのですが、学校に行くとうまくいかない。

逆に、すごく厳しい教育ママで、あれでは子供は大変だろうなと思っても、学校の成績がいいとそれなりにうまくいくという例もあります。

米長　勉強ができるというのは、子供の世界ではプライドとか自信になったりするでしょうからね。

渡部　そういうのもある程度は必要でしょうね。まあ、程度にもよりますけどね。
それから、うちの子供の場合は音楽の道に進みましたけれど、プライドの持てる学校に入ったのもよかったと思います。親の虚栄のためにいい学校に入れるというのではなくて、子供の将来を考えて勉強の大切さを教えてあげることです。親が子供を愛していることが伝われば、子供もわかるはずですよ。

唯一の教えは「他人を憎めば自分が不幸になる」

渡部　米長先生は、子育てについて気をつけたことはありますか?
米長　私は子育てに成功したか失敗したかわかりませんけれど、とくに子育ての極意なんてものはないですね。ただ、伸び伸びと、と思っていました。
一つだけいっていたのは、「人に対して、ねたむ、ひがむ、恨む、憎むといった感情を持ってはだめだぞ」ということ。他人にそういう気持ちを持つと、そのうち自分が不幸になるんだよ、といいきかせました。それだけです。あとは自由にやれ、と。

そうしたら、長男がサラリーマンを十年やって、去年の総選挙のとき、仕事を辞めてボランティアである小政党の応援にかけつけるというんです。小学生の子供が一人いるのにですよ。「おまえ、生活費どうするんだ?」と聞いたら、「国の一大事だから、それどころではない」というわけです。

渡部　ほう（笑）。

米長　結局、今はその政党の会計責任者になっています。息子は経理と総務で十年働いていましたからね。

そのとき私が注意したのは、政治家の集まりだから、誰かから金をもらったら必ず受領書を出すことだ、金を出したときは必ず領収書をもらいなさい、ということなんです。偉い先生がきて、ちょっと二百万を今すぐ出してくれといわれて、そのまま金が行方不明になってしまったというのは絶対にだめですからね。どんなことがあっても、金を出したら領収書をきちんともらう。それだけはきちんとしなさいといったんですがね。

渡部　それは大切なことです。

米長　私たち親子は靖国神社と千鳥ヶ淵の両方に一緒に参拝するんですよ。毎年八月十五日の正午に、一緒に靖国神社の本殿にあがります。降りてきて外へ出ると、毎年決まったメンバーがいます。石原慎太郎さんたちがいて、日本はこのままではつぶれる、閣僚が一人も参拝にこないのはおかしいなどといっています。そういう方々にあいさつをしてから、私たちは千鳥ヶ淵戦没者墓苑に行って無名戦士の墓に手を合わせるんです。そこには菅直人とか福島みずほといった人たちが花を出している。

だから、靖国神社に行く人はこういうメンバー、千鳥ヶ淵はこういう人たちと分かれている。でも、同じ日に両方に行く人はほとんどいないんです。

千鳥ヶ淵には三十六万体の戦没者の遺骨を集めてきて納めてあります。そこは無名戦士の墓ですからね。私なりの解釈では、靖国神社は魂を鎮《しず》めるところ。千鳥ヶ淵は身体を鎮めるところ。そういうふうに思っています。それは息子も同じように思っている。だから、どちらにも足を運ぶわけですね。

そういう点では、どこの大学を出たとか勉強ができたとかいうのではなくて、子供の教育としては最高の教育ができたという気はします。息子は息子なりに成長したなと思いますね。

「おしん」の苦労なんてたいしたことない

米長　ところで、渡部先生のお母さんというのはどういう方だったのですか？

渡部　『おしん』というドラマがあるでしょう。あれを見たら、「ああ、この人はたいした苦労しなかったな」というくらい（笑）、うちの母は苦労した人ですよ。おしんは冷たい田んぼに入ったわけでもないし、赤ん坊を背負うなんて誰でもやることでしょう。それに大きくなるまでお母さんが生きていたじゃないですか。うちの母は子供のときに両親に死なれているんですよ。

米長　それは何歳くらいのときですか？

渡部　小学校の頃です。それで親類の農家に預けられたんですね。根がまじめなものですから田んぼに入って一所懸命働いているうちに腰が曲がってしまって、十歳くらいのときには杖をつかないと歩けなかったそうです。

子供ですから悲しくて、首でも吊ろうかと考えたこともあったそうです。親類も見るに見かねて湯治にやってくれた。湯治宿に二十日くらいいたら、腰が伸びて元に戻ったと聞きました。また田んぼに入らせたら腰が曲がってしまうだろうというので、そのあとは町の家に勤めるようになって、父親と結婚したわけです。

そういう苦労をした母でしたから、私は母が死んでもずうっと見られているという感じで生きてきましたな。それだけ親に憧れる気持ちも強かったんですよ。常に死んだ親を意識して、苦労しているときも必ず親が見てくれているという感じを抱いていましたね。

米長　あ、先生もそうですか。それは私も同じですね。

渡部　母は小学校もろくに卒業していませんからね。漢字なんかは二十くらいしか知らなかった。私の手紙も仮名書きでした。父親は漢字を知っていましたから、父親のことを尊敬していたと思います。

ただ、私にとっては幸いだったのは親父に経済観念がなかったことなんです（笑）。

米長　どういう意味ですか？

渡部　貧乏なのに本を買ってくれるわけ。〝いいふりこき〟なんですよ。近所に小さい本屋があったのですが、そこの店主が親父と知り合いなんですね。それで私を連れていって「この子が来たら、ほしいという本をなんでも渡してくれ。代金は帳面に付けておいてくれ」なんていうわけですよ。

しかし私は母の苦労を知っていますから、ほしい本はたくさんあったけれど、はい、これちょうだい、なんて二回くらいしかやらなかったんじゃないかな。

米長　当時の本というのは今より高いでしょう。

渡部　相対的に見るとそうですね。それに田舎というのは食うにはあまり困らないのですが、現金がないから皆ケチなんですよ。裕福な家の子でも、本を好きに買えるなんてなかった。だから、なんとなく自分は本に対しては特別だという感じでした。親父に経済観念がなかったおかげでね（笑）。

亡くなった父親と語り合う

米長　今、先生がいつも亡くなったご両親を意識しているというお話をされましたけれど、私は、いつも親父と話をするんですよ。私は跡取り息子じゃないので、兄貴に「うちにも仏壇置いていいか」と聞いたら、それはいい心根だからと許しが出て仏壇を置いているのです。でも、年に一回くらいしかチーンとやって線香を立てることがない。それに、いつも仏壇の扉を開けておいて、足を向けて寝ているんです。いや、ホントに罰当たりなんですけどね。

それで、だいたいいつも少し酔っ払ってご機嫌で布団の中に入るでしょう。そのときに、親父と話をするんです。普通は正座して手を合わせるところだけれど、親子だから手なんか合わせない。仏壇の中で親父はまだ生きているのだから、足を向けたまま、「親父さん、今日はこういうことがあったんだよ」と話をする。それで、あの一言は余計だったかなと思うようなときに相談すると、「まあそんなに気にするな」といわれているように感じるんです。

だから仏壇はあるのですが、拝むために置いているのではないのですね。そこにいつも親父がいて、後ろから見られているという感じです。

渡部　いいお話ですね。いつもお父さんと語り合っているわけですね。

米長　そうなんです。なぜか話をするのはいつも親父ですね。先祖の位牌があるからか、おふくろは小さくなっているんだろうなぁ。おふくろも仏壇の中で親父と二人きりならいいでしょうが、姑さんなんかに見られているんじゃ肩身の狭い思いをしているのかなと思っているのですが、どういうものでしょうかね。

渡部　それはそういうものらしいですよ。私は田舎から墓を持ってきたんです。そして田舎の墓に埋まっている人の名前をこっちに彫ったわけですよ。まず祖父、祖母、それから、私の両親でしょう。父の妹が二人、私の兄、姉。全部で八人です。

この八人のうち家内が知っているのは私の父親だけなんです。だから、こんなにたくさん知らない人のいる墓に入るんだってショックを受けたらしい（笑）。

ところが墓所のすぐ近くに、私の先生のお墓とか江藤俊哉先生の家のお墓があって、その方たちは家内も知っているわけです。それで、まあ知っている人が近所にいるからいいかと、この頃は納得しているようです（笑）。でも、はじめはやはりショックらしいですよ。

昔の女性はなぜ男を立てたのか

米長　お母さんにいわれた言葉で印象に残っていることなどありますか？

渡部　よく覚えているのは、私がいうことを聞かなかったりしたときに、「なんのために本を読んでいるんだ」っていわれたことですね。本を読ませているのによくならないな、と（笑）。

米長　本を読むと人間が立派になるという信仰があったわけですね。

渡部　当時の講談社の絵本とか『幼年倶楽部』には、兄弟は仲良く、親には孝行と、いいことばかり書いてありましたからね。そういう子になるだろうと思って買ってあげているのに、というわけですよ。だから、なんのために本を読んでいるといわれると恐れ入ったんです。

米長　私はおふくろの一所懸命働いている姿しか浮かばないですね。

渡部　そうですね、昔の女の人はあまりごちゃごちゃいわなかったですね。とくに男の子には。

米長　男を偉いと思っていたのでしょうね。

渡部　わが子とはいえね。佐藤順太先生などはもともと高級武士の家柄ですから、奥さんが男の子に敬語を使っておられましたね。名前を呼ぶときも「何々さん」と、丁寧な言葉を使うんですよ。考えてみたら、武士の家の女の人というのは、男の子はいつ斬り殺されるかわからないという伝統の中で生きているわけだから、やはり違うのでしょうね。われわれの家くらいになると、だいぶ薄められてきていますが、それでも昔はどこか男の子を大切にするようなところがありました。

そういえば、こういうことがありましたね。何かつまらないことで私が贔屓《ひいき》されたように感じたときがあったんです。それに姉が文句をいったら、母が「男の子は戦争に行かなきゃならないんだ」というういい方をしたのです。そういわれると、姉も、文句があっても何もいえなくなってしまうわけですね。戦前は、男子は戦争に行かなければならないという意識が強くあったんですね。

これは武士の家も同じだと思いますが、男の子はいつ死ぬかわからない命だという思いがあったのではないでしょうか。

日本女性の素晴らしい母性を取り戻したい

米長　今の日本がだめになったのは、戦後の教育で、現在、親になっている世代の父親、あるいはおじいさんたちが悪いことをしたと教え込んだせいですよ。そのために、「あなたのお父さんは立派な人だった」と子供に教えることができなくなった。子供にとって一番身近な尊敬の対象であるべき父親が、そのような存在ではなくなってしまったわけです。それは不幸な話です。今の日本が元気をなくして、子供がだめになった一番の根本はここにあると思いますね。

でも、最近、ちょっと風向きが変わってきたなと思うような出来事がありました。

渡部　なんですか?

米長　私は男女共同参画社会になると極めて危険なジェンダーフリーという思想がはびこってしまうと思って、これと戦ってきたんです。そうしたら驚いたことに、『婦人公論』が、かつて私が『週刊文春』で人生相談をしていたときに書いた回答を載せたいといってきたのです。

それは三十代の主婦の「離婚しようと思っているのですが、どうしたらいいでしょうか」という相談への答えなのですが、『婦人公論』の編集部が「今の読者に一番読ませたい回答です」というわけですよ。

渡部　どういう回答をしたのですか?

米長　要するに、その女性は「こんな二流の夫とは別れて、子供二人を引き取って、養育費を夫に仕送りしてもらって、もっと違ういい男を見つけたい」といっているわけです。それに対して私はこう回答したのです。

「最後のアドバイスです。あなたはテレビを見るのをやめなさい。それから新聞、雑誌を読むのをやめなさい。あなたはそういう情報に囲まれて、男を見る目が変わってきてしまった。『結婚するときにその男の正体がわからなくて、今、わかったから別れたい』といっているけれど、それは違う。それは夫を違う目で見ているのですよ。女の幸せというものはそういうものではない。もう一回原点に立ち返って考えてみなさい」

今までは、そんなことをいったら女性蔑視だとえらい騒ぎになったものですが、「行き過ぎた女性たちにこれをどうしても読ませたいから使わせてくれ」というのですからね。

日本の女性から母性の素晴らしさが失われたということは、たいへん残念なことです。それをもう一回元に戻したいと願っていたところに『婦人公論』がそういってきたので驚いたのです。マスコミは、自らの根幹にかかわるような意見を変えることは絶対ないと思っていましたからね。だから、世の中は確かに変わりつつあるのだろうなと実感しているんです。

渡部　それは象徴的なお話で嬉しいですね。

第七章

老・病・死に対して～老いの流儀～

老いをどう迎えるか

米長　人生最後の課題といえば、老・病・死に対していかに処するかということになると思います。渡部先生はいつまでもお若いですけれど、老いというものを感じたことはありますか?

渡部　最初に老いを感じたのは、先にお話ししたラテン語の暗記を始める前ですね。

米長　でもそのときは見事に克服されたわけですね。それ以降はどうですか?

渡部　私の場合は仕事を継続していますからね。毎日の生活が現役のときとあまり変わらない。今も現役のままの感覚なんですよ。本を読み、物を書き、あるいは考えたことを話す。それは私の仕事なんです。

ただ大学へ行っていた頃と違うのは、強制的に週に二、三度学校に行く必要がなくなったこと、それから入学試験がなくなったこと、答案を見なくてよくなったことですね。これはありがたかった。答案なんか読んだって退屈なだけで、なんの知的貢献も受けませんから、なくなって本当に助かりました。

米長　年を取って変わったなということはありますか？

渡部　睡眠時間が多くなりました。今は寝るのがだいたい夜中の二時か三時なんです。軽い本を読んだり、朝に新聞を読む時間がないものですから新聞を読んだり、あるいは雑誌を読んだりしているうちに、そんな時間になる。それから寝て、秘書が九時半に来ますので、その頃に起きれば理想的なのですが、四時までやってしまうと九時半には起きられない。十時半頃に起きると一日が短くなって、嫌だなぁと思いますね。

米長　それでも睡眠時間が短くはないですか？

渡部　足りない分は、昼寝をして補っています。

米長　生活スタイルが現役時代とあまり変わっていないということが精神的な若さにつながっているのですかね。

渡部　そうですね、ただ現役のときは、三時に寝てもどうしても六時半くらいには起きなければならなかったんですよ。学校がありますからね。そうすると、どうしても早めに寝なければならないので、やりたいことがあってもできなかった。それが嫌でした。今はその点で自由ですから、やりたいことをやっている感じです。
谷沢永一先生は七十歳定年なのに六十歳で大学を辞められましたが、あの気持ちはよくわかります。私は七十歳まで大学にいることができたのですが、六十五歳で定年退職の退職金をもらって、残りは週一回出るくらいでした。完全に退職したのは七十歳ですけれど、事実上やりたくない義務から解放されたのは六十五歳でしたね。

深夜の散歩で健康を維持する

米長　すると今はそれほど年老いたとは感じておられないのですか?

渡部　いや、やはり私は自分のことを老人だと思いますよ。だから無理はしない。坂井三郎さんじゃないけれど、スランプを意識すると戦闘機乗りでも死なないわけです。それと同じで、いくら若いと周りからいわれても、自分は八十歳だという意識を持つことが大事ですよね。無理はしないし、散歩はするし、年寄りにいいといわれるものはサプリメントも摂る。断食がいいといわれれば断食もする。それから真向法《まっこうほう》なども続けています。

ただし、やらなければならないと堅く考えているわけではないんです。もっと軽い気持ちで、真向法ならテレビのニュースを観るときにやるとか、その程度で十分です。一度できるようになっておれば、軽くやっただけでもストレッチになりますからね。真向法は非常にいいと思います。

それより重要なのは、やはり動くことです。やはり心肺機能を衰えさせないことが重要ですからね。それには非常に平凡だけれど散歩はいいと思う。谷沢先生はあれだけすすめたのにやらなかった。非常に残念です。

それから私は散歩するための工夫というのをしているのですよ。

米長　どういう工夫ですか？

渡部　若い頃は、散歩したくてうずうずして出かけたものです。しかし年を取ると、どうしても出たくないという気持ちが大きくなります。それでも散歩は重要だと思っているので、散歩にお金をかけているんです。

米長　散歩にお金をかけるとは？

渡部　タクシーを呼んで吉祥寺にある行きつけの喫茶店まで行くんですよ。そして、喫茶店で本を読みながらコーヒーを飲んで、帰りは家まで四十分くらいかけて歩いてくる。そうすると必ず汗をかく程度の散歩になるので、家に帰ったら風呂に入って、さっぱりといい気分になる。

米長　なるほど。歩かなくてはならないような状況に自分を置くわけですね。その散歩は何時頃にするのですか？

渡部　喫茶店には晩御飯を食べたあとで出かけますから、早くて九時半、遅ければ十時ですね。それでだいたい十一時までいます。十二時の時もあります。だから、帰宅するのは深夜になる。風呂に入ってあがるとちょうど真夜中のＮＨＫのニュースをやっているから、それを観るのが日課です。

夜の吉祥寺は若い子ばかりが歩いています。八十歳の老人は、まあおそらく私一人でしょうね（笑）。人目を気にすることもなく、ホームレスみたいな格好をしてとぼとぼと歩いていますよ。

私の若い頃は、それこそ本当にボロというか粗末な着物しかありませんでした。お話ししたように、それが理由でアメリカ留学のチャンスを逃したこともあります。でも、当時は、貧乏は気になりませんでしたね。むしろ終戦後に金持ちになったやつは、闇屋をやったり、ろくでもない仕事をやったに決まっている。まともに生きていた人は貧乏に決まっていると思っていましたから、貧乏は全く気にならなかった。

米長さんもおっしゃっていましたが、戦後のあの時期は幸せでしたね。貧乏が気にならない時代というのはいい時代です。

そして今もホームレスみたいな格好で深夜の散歩をしている。家内は嫌がるけれど、ホームレスじゃないんだからかまわない（笑）。どっちみちかまわないんですよ、洋服なんていうのは。

いつまでも若々しく生きるための考え方

渡部　米長先生は自分の中で年取ったというのを感じたことはありますか。

米長　今のところはまだないですね。それが幸せなのかどうかはわからないけれど、今が一番若いという気がしています。

お話ししたように、私は七十歳をピークにしようという人生設計を描いているわけです。なぜ七十かというと、七十歳というのは、すべての面でそれ以前より劣っていると思うんです。体力にしても、視力にしても、収入にしてもね。収入についていえば、普通のサラリーマンなら五十五歳か六十歳くらいが一番高いのではないですか。七十歳の収入が最も多いという人は極めて珍しいでしょう。

そういうあらゆる面で劣っている七十歳で人生のピークを迎えるという人生設計にしたわけですね。というのは、サミュエル・ウルマンの「青春」という詩がありますね。

青春とは人生のある期間をいうのではなく、心の様相をいうのだ。
優れた創造力、逞《たくま》しき意志、炎《も》ゆる情熱、
怯懦《きょうだ》を却《しりぞ》ける勇猛心、安易を振り捨てる冒険心、
こういう様相を青春というのだ。

年を重ねただけで人は老いない。理想を失うときに初めて老いがくる。
歳月は皮膚のしわを増すが、情熱を失うときに精神はしぼむ。
苦悶《くもん》や狐疑《こぎ》や、不安、恐怖、失望、
こういうものこそあたかも長年月のごとく人を老いさせ、
精気ある魂をも芥《あくた》に帰せしめてしまう。
年は七十であろうと十六であろうと、その胸中に抱き得るものは何か。
曰く、驚異への愛慕心《あいぼしん》、空にきらめく星辰《せいしん》、
その輝きにも似たる事物や思想に対する欽仰《きんぎょう》、
事に処する剛毅《ごうき》な挑戦、小児のごとく求めて止まぬ探求心、
人生への歓喜と興味。
人は信念と共に若く、疑惑と共に老ゆる。
人は自信と共に若く、恐怖と共に老ゆる。
希望ある限り若く、失望と共に老い朽《く》ちる。
大地より、神より、人より、美と喜悦《きえつ》、勇気と壮大、

そして偉力の霊感を受ける限り、人の若さは失われない。
これらの霊感が絶え、悲歎《ひたん》の白雪《はくせつ》が
人の心の奥までもおおいつくし、皮肉の厚氷《あつごおり》が
これを固くとざすに至れば、このときにこそ人は全くに老いて、
神の憐《あわれ》みを乞《こ》うる他はなくなる。（訳・岡田義夫）

この詩はマッカーサーも毎朝読んでいたらしいですね。中曽根大勲位も読んでいると聞きました。それで私なりの解釈ですけれど、この詩は『般若心経』と同じなんですね。

渡部　なるほど。米長流解釈ですね。

米長　つまり、失望だとか悲しみがあって、ああでもない、こうでもないといろいろ考えるから人間は老いる。でも、希望とか勇気があれば老いないというわけです。私は、その希望とか勇気というものは、「色即是空、空即是色」という『般若心経』の八文字に凝縮されていると思うんです。だから『般若心経』の教えと「青春」の詩は

ほとんど同じものだと思っているわけですね。

そういう心境になれれば、七十歳でも若者に負けない生き方ができるだろう、と。

だから、そうしようと思っているわけです。

酒は百薬の長となりうるか

渡部　そのように若々しくいるために、健康で気をつけていることはありますか？

米長　身体については、やはりできるだけ歩くようにしています。出勤するときには、家から駅まで二十五分くらい歩きます。というのも、気がつくと全然歩いていないということがあるんですよ。だから、駅までは歩いて行こうと決めています。

そのために、できるだけ車の送り迎えはなしにしている。そうしないと歩かなくなってしまいますからね。駅まで歩けば階段を上り下りもするし、乗り換えでも歩きますから、いい運動になります。

健康で気をつけているのはせいぜいそんなもんですね。あとは、ほとんど毎日酒を飲む。

渡部　毎日酒を飲む？　酒を飲まないじゃなくて？

米長　はい。毎日酒を飲む。というのは、こういうことです。

私は、記憶力がいいとか悪いとかいうように、頭には強い弱いがあると思うんです。それで私は頭が強いと思っていた。頭がいいのではなくて、頭が強い。ところが、朝起きてからいろいろものを考えていますと、夕方の六時頃に打ち合わせがあると頭が疲れてしまって、何か聞かれても自分で判断できないくらいになっているんですよ。でも、それは私が決めなくちゃならない。

そういうときに、「その話は明日にして、ちょっと一杯飲もう」といってビールを一杯か二杯飲むと、途端に元気になるんです。酒を飲むと頭はバカになりますが、瞬間的に疲れが取れるようですね。

渡部　うんうん（笑）。

米長　それで、ちょっと打合せをする。要するに、疲れて弱くなった脳みそを酒で紛らわしているわけですね。でも、酔って将棋をするとだめですね。今、インターネットで将棋を指せるようになっているでしょう。私は根っからの将棋好きなので、引退した今もインターネットで将棋を指すんです。それで、一杯飲んで夜の八時頃になって「じゃあ、やってみるか」とインターネットで将棋を指すのですが、前にも話したように、よく負けるんです。「おかしいなあ」と思うのですが、酒を飲んだ状況で将棋を指すと、ものすごく弱くなるんですね。

渡部　酒を飲んだら、将棋はてきめんに弱くなりますね。私みたいなどうでもいいような将棋でも、酒を飲んだら絶対に弱くなる。こんな体験をしたことがありますよ。息子が小さい頃に将棋を指して、「勝ったら五万円をやる」といったわけです。普通であれば、相手は子供だから問題にならないですね。ところが、酔っ払ってやったら負けてしまったんです。だから、体験的にいっても、酔っているときはダメです。アルコールが入るとその種類の知力は間違いなく弱くなりますね。ただ将棋の判断力や学問の判断力と、人事などに関する判断力はおそらく種類が違います。

米長　それはありますね。いいかげんでないと決められないという判断力もある。たとえば、能力が同程度の二人のうちのどちらかを課長にするかなんて、考えてもきりがないでしょう。結局のところ、「この間のあいさつの仕方がいいから、こっちにしよう」とか、そういう些細な理由で決めているんだと思います。こういう、どっちにしようかなというのは一杯飲んでやったほうがいい。

渡部　酔っ払って細かいことを忘れるから大筋だけ見えたりね。

米長　そうですね。だから、私の場合は非常に単純になる、バカになる、という方向へ行っていますね。

渡部　酒を飲んでも頭が衰えない人もいるみたいですよ。谷沢先生もそうでした。ずっと酒を飲んでいたけれど、八十一歳になるまで頭は衰えなかったです。

米長　横山大観も、毎日すごい大酒を飲んでいたんですよね。将棋の世界でいうと、升田幸三とかもすごいですね。まあ、飲み方を間違えなければ、毎日酒を飲むのもいいじゃないかと私は思っているわけです。

カラオケは老化防止の絶好のトレーニング法

渡部　私は呼吸が重要だと思っているので、先にお話ししたように発声法と朝の朗読をしているんですね。それから歌を歌う。これは一曲暗記したら別の歌を覚えるのですが、年を取っても、そういうものを絶えず覚えようとするのは大事ですね。一般の方は難しいラテン語を覚える必要なんてありません。あれは私の職業柄やっただけの話であって、カラオケで歌の歌詞を全部覚えればいいと思うんです。

この記憶力の訓練だけは、もっと若いうちからやっておけばと残念に思います。もしも小学校か中学校の頃に記憶力の訓練の大切さを教えてくれる人がいたら、天才だといわれていたかもしれない。

米長　しかし先生は南洲翁遺訓なんかを子供の頃に覚えたのでしょう。それは大変なことですよね。

渡部　頼山陽《らいさんよう》だとかああいう人は、幼少期に漢詩を暗記させられていました。漢詩を幼少期に暗記したというと、後年大いに生きてくると思います。流行歌はそれに比べると価値が落ちるかもしれないけれど、それでもいいんですよ。昔の歌謡曲にはいい詩のものがあります。

偶然ですが、私が自分の記憶の鍛錬になったなと思うのは、レコードなんです。うちの親たちは唱歌を歌ったことのない世代ですから歌は歌えないのですが、聞くのは好きで、レコードが家にあったんです。それを小学生のときにかけて、音丸だとか美《み》ち奴《やっこ》だとかいう芸者の歌だとか、天中軒雲月《てんちゅうけんうんげつ》、広沢虎造、寿々木米若《すずきよねわか》などの浪曲を覚えました。

音丸の「下田夜曲」という♪千鳥なぜなく下田の沖で、鳴いたからとてさ、やらにゃならない旅の舟〜なんて歌があります。これを小学生のくせに覚えてしまった。恋歌で意味はわからなかったけれど、なんとなく情緒が伝わってきて好きでした。

そうやって大人の流行歌をたくさん覚えたんです。今から考えてみると、それが記憶力の鍛錬になっていたのかなと思います。

ユダヤ人の頭がいいのは、子供のときからユダヤの聖典を暗記させられるからだとよくいいます。西ヨーロッパ人が急に頭がよくなったのは、宗教革命でみんなバイブルを覚えるようになったからだともいいますね。要するに、覚えることは脳を刺激して活性化するんですね。前にもいいましたけど、記憶が人間なんです。記憶なければ自分なし、なんですよ。

米長　なるほどなぁ。確かに記憶というのはその人だけのものですからね。

渡部　そうです。その人そのものなんですよ。何を考えたか、何を感じたか、何を覚えているか、すべてその人そのものです。

米長　しかし六十くらいからラテン語を覚え始めて、ますます脳が活性化しているというのは老人にとっては福音ですね。

渡部　そうですね。別にラテン語でなくたっていいんですからね。おすすめなのは流行歌です。流行歌も古賀政男などになると情緒の錬磨になりますよ。♪宵闇 せまれば 悩みは はてなし みだるる 心に うつるは 誰が影～なんて歌うと、情緒が萎《しな》びないじゃないですか。そういう歌を覚えて歌えばいいでしょう。カラオケは発声にもつながりますし、歌詞を覚えて歌えば脳の活性化にもつながりますから、老人にとっては絶好の健康法になると思います。是非おすすめしたいですね。

ヒルティに学ぶ理想の死に方

米長　私は二〇〇八年の春に前立腺癌と診断されました。数度にわたるPAS検査の結果、徐々に数値が上がり、ついに癌の疑いあり、ということになったのです。前立腺癌は進行が遅く、早期発見でもあったため大事には至らなかったのですが、癌宣告を受けたときはさすがに気分が落ち込みました。もっとも、すぐにお医者さんや看護師さんと仲良くして、治療を楽しもうと気持ちを切り替えました。詳しくは私の『癌ノート』という本を読んでいただくとして、先生は理想の死に方といいますか、死のイメージみたいなものを持っておられますか?

渡部　人間である以上、いつかは死を迎えることになりますが、私の理想の死に方を書いているのはスイスの法学者ヒルティです。ヒルティは、『幸福論』とか『眠られぬ夜のために』の著者として知られていますが、聖人ともいわれた立派な人であり、実務家でもありました。「仕事をする技術」というすぐれたエッセイも書いていますね。

ヒルティは七十六歳で亡くなっています。百年以上前の人ですから、今なら百歳近くまで生きたといっていいかもしれません。私は若い頃は、佐藤順太先生のように老いたいという感じでした。今はヒルティの如く死にたいという気がしますね。いろんな立派な人がいますけれど、生活まで含めてそうありたいなと思うのはヒルティだけですね。

たとえば思想としては、私は幸田露伴が非常に好きで尊敬もしているんですよ。『努力論』に書いてあるようなことは、私にとってすべて素晴らしい教えになっています。露伴の小説はともかく、『努力論』を読めば、ああ、こういう偉い人だったのかとわかると思います。ただ、晩年の幸田露伴を見ますと、ああいう死に方はしたくないと思いますね。

米長　どんなふうに死んだのですか？

渡部　住むところがなくて、方々を転々とするんです。戦争中だからしょうがないといえばいえるのだけれど、露伴は二番目の奥さんの選択を間違えましたね。それが晩年の不幸のもとになっている。幸田文さんは先妻の子ですね。先妻は立派な方だったようです。

米長　最初の奥さんは亡くなったんですか。

渡部　そうです。それで後妻をもらったんですよ。会ったこともないのにいうのは失礼だけど（笑）、晩年の露伴について書かれたものを見る限りでは、私の嫌いなタイプの女性です。

米長　どんなタイプですか？

渡部　プロテスタントなのですが、生煮えのキリスト教を最高の真理と考えるような感じですね。たとえば、露伴は酒好きだったけれど、「酒は悪魔の飲み物だ」なんていうわけですよ。

米長　それはいけませんね。

渡部　だめでしょう。

米長　しかし露伴も、「酒ぐらい飲ませてくれ」とか結婚前にいいそうなものじゃないですか。

渡部　だから愚かな選択だったと思うのです。結婚してみないとわからないこともあるでしょうが、どうしてそんな人を選んだのか、こればかりは本人に聞かないとわからないですね。酒を飲むのは悪魔で、露伴の子供が病弱なのは酒を飲んでできた子供だからだといって少しも面倒を見ない。これは困ったものです。

だから幸田露伴が『努力論』を書いたのは、まだ最初の奥さんが健在の頃です。これは露伴が悪いというよりは配偶者と合わなかったことが不幸だったというべきですけれど、そういう晩年を送るのは嫌ですね。

それから私はパスカルの書いたものに深く感動するのですが、あんな修道院みたいなところには入りたくない。そんなふうにいろいろ考えると、私が凡人として真似してもいいような生活というのは、ヒルティということになるんですね。

彼は亡くなる日の朝、いつもと同じように早く起きて、原稿を書きます。それが終わって、朝食前に娘と一緒にジュネーブ湖の周りを散歩しました。散歩から帰ってきたら「今日はくたびれたな。牛乳を温めて持ってきてくれないか」と娘に頼みます。そして娘が牛乳を温めて持っていくと、ヒルティはソファに横たわって、極めて静かに、苦しむことなく死んでいたのです。彼の机の上には、その日の朝に書いた原稿が残っていました。

こんな死に方は悪くありませんね。私の場合は、孫でもいいし、嫁でもいいですが、「おじいちゃん、ご飯ですよ」と呼びに来たら、机の上に本を開いたまま死んでいたっていうのは悪くない（笑）。

米長　なるほど。確かに穏やかないい死に方ですね。

よき晩年は本業に徹した人に訪れる

米長　死に方として私がいいなと思うのは、囲碁の藤沢秀行ですね。藤沢秀行というのはすごい男ですよ。癌を五、六回やって、晩年は聖路加病院に入院していたんですけど、いよいよ最後というときにお見舞いに行ったんですよ。そうしたら、亡くなる直前まで若い碁打ちがやって来ていました。その人たちに「お前たちは弱い。もっと頑張らなきゃだめじゃないか」といって、色紙に「強烈な努力」と書いたんです。その字がうまくてね。

藤沢秀行の書は、安芸《あき》の宮島に扁額を納めているくらいだから大したものなんです。安芸の宮島といったら国宝ですから、普通なら一流の書家に頼むべきところでしょう。ところが偉いもので、藤沢秀行の字じゃなきゃだめだっていったそうですね。秀行は酔っ払いでメチャクチャな人生を送った人だから、本来は国宝に納めるような字を書くべきではないかもしれないけれど、その扁額には堂々たる字で「磊磊《らいらい》秀行」と書いてある。

渡部　あの人らしい。

米長　そうでしょう。それで、病院で書いた「強烈な努力」というのは絶筆なんです。まあ遺言のようなものですけれど、それも素晴らしい書でした。何が素晴らしいかというと、書というのは年を取るとだんだんうまくなるけれど、勢いがなくなるんですよ。ところが、藤沢秀行の字は年を取ってなお勢いのある字でした。これは珍しいです。骨太ですごい字です。

渡部　あの方は何歳で亡くなったのですか？

米長　八十三ですか。あれだけやりたい放題やって八十以上生きたのだから、あれで酒もタバコも何もしなければもっと長生きしたかというと、まあ、そうはならなかったでしょうけれど（笑）。とにかくやりたい放題の人生でしたが、本業だけは忠実だったんです。これは皆が感じていることですね。

渡部　だから許したのでしょうね。本業に忠実だから、あとは何をやってもいいと。かつて谷沢先生と対談して、左翼の人を俎上《そじょう》に乗せて片っ端から斬ったことがあります。そのとき、九州大学の経済学の向坂逸郎《さきさかいつろう》先生について話していたら、谷沢先生と二人で「こいつは悪いやつだ。でも、本が好きだから、まあ、いいか」って（笑）。その人はマルクスの初版本を集めたり、パンフレットを集めたりしていたのです。そういうのを集めるというのは共産主義とはあまり関係ない。ただ本が好きなんですよ。それで世界的なマルクスの文庫をつくっている。だからわれわれのような本好きにしてみると、こういう人は許したくなる（笑）。好ましい人に思えてくるんですね。

結論としては、生き方の流儀としては本職に徹せよ、と。そこを押さえておけば、あとはなんでも好きにすればいいということでしょう。

米長　そうですね。やはり本業に徹することがよき晩年、よき死を迎えるためには大事なんですよ。

第八章　一流への流儀

「一流」と「二流」の分かれ目はどこか

米長　ここまで人生のさまざまな局面を挙げて、どのように生きればいいのか、われわれはどう生きてきたのかについて話してきましたが、最後に、一流の人を目指すにはどうすればいいのか、という話をしてみたいと思うのです。

よく一流とか二流とかいいますけれど、先生は一流というのはどういうものだとお考えですか。ちょっと定義づけてみてください。

渡部　われわれの世界では、恒久的に残るような大きな仕事をした人が一流ですね。たとえば、日本の古典の学問でいえば本居宣長のような人。あんな大きい人はめったにいないとしても、それぞれの分野で大きな業績を残して、その後に大きく影響を及ぼした人は一流といっていいでしょう。

わかりやすい判別法をご紹介すると、私の専門分野では、大体、量と質が一致するんです。一般論として、一流の人は仕事の量が多い。全集あるいは選集になるようなものを残していますね。

逆にいうと、若い頃から「うんと完成してから書こう」なんていう人は、ほとんど書けないで終わってしまうものです。先にもいいましたが、そういう人が定年退職前後に慌てて論文を集めて一冊の本を出したりするのですが、たいていは内容がお粗末で読めたものではない。

というものの、私も若い頃は、質と量が一致することがわからなかったのです。カントの『純粋理性批判』にしても、ダーウィンの『種の起源』にしても、年を取ってから書かれていますからね。「この人たちはずっと勉強して、完成に近づいたところで一気に書いたんだな」と思っていました。でも、それは間違いでした。彼らは若いときからずっと休みなしに書き続けていたんですよ。だからこそ、年を取ってから大きな仕事ができたんです。

米長　今、渡部先生の挙げられた本居宣長にしても、カントにしても、ダーウィンにしても歴史に名を刻む人たちですから、一流というより超一級の人といっていいのではないですか?

渡部　まあ、宣長などはそうですね。もう少し身近な人を挙げれば、私の専門でいえば、英文学の斎藤勇《たけし》先生、福原麟太郎先生などは、間違いなく一流ですね。文法学でいえば、細江逸記《いっき》先生とか。

米長　そういう方は十年に一回出るレベルですか？

渡部　宣長みたいな人は別格として、もっと頻繁に出るでしょうね。

米長　一般的にいうと、学校の五段階評価でいえば、5は昔の基準だと全体の七％でしたね。すると、この七％あるいは少し広げて十％くらいが「二流を超えた」という意味の一流とみなしてもいいのではないでしょうか。そして、二流というのは平均よりちょっと上であると。

たとえばプロ野球の選手でいうと、各球団にいるエース、あるいは四番バッターのような感じの人は一流といっていいのではないかと思います。

渡部　たとえば、イチローなどは一流ですよね。

米長　あそこまでいくと超一流です。野茂英雄だって日本人として大リーグ史上初というような実績をいくつも残しましたから、これは特別ですね。

全体の十%程度が一流だというイメージで語るとすれば、一流と二流の差というのは、自分の本分をまじめに生きてきたかどうかで決まる、といってもいいと思うのです。最初にもいいましたが、将棋の世界であれば、将棋が強くなるための一所懸命さがあるかどうか。要するに、どれだけ将棋が好きかということが分かれ目になる。

渡部　われわれ素人からいえば、名人になった人は一流ですよ。

米長　そうすると、タイトルを取らなかったらどうなるか、ということなんです。一回でもタイトルを取ったことがある人と、タイトルを取れなかった人は、どれくらいの差があったのか。

非常に平凡な言い方ですが、一流と二流の差というのは、死ぬ直前に「幸せだったな」と思えるかどうかにあるのではないかと考えるのですよ。というのも、幸せというのはどこからくるのかというと、一つは自分の仕事を成し遂げた達成感ですよね。そのように、何か一つ、自分の生涯を通じてやり遂げたことがある人は一流に数えてもいいように思う。

ただ、ごく平凡に「私は幸せだった」という人もいるでしょうからね。「おまえ、仕事とか何か残したものがあるの？」と聞いたときに、万年係長で、うだつが上がらなかった、子供の出来も人並みである、と。いわゆる小市民的幸せを感じるというのは、一流といっていいかという問題はありますね。

渡部　それは一流とはいえないと思いますね。ただ幸せ感を持って一生を終わったというだけでは一流ではない。やはり一流となったら、ある程度、仕事で実績を残したとか、人間としての道徳心やその行為にたいへんすぐれていたとかいう要素が入ってこなくてはいけない。

幸せ度だけだと、大企業の社長になっても全然幸せと感じない人もいるかもしれないし、大統領になろうと、首相になろうと、家庭内は不幸かもしれないし、当人がノイローゼになってしまうかもしれない。フォードは晩年に非常に強度の神経衰弱だったらしいですけれど、はたから見ると、そんなことはわかりませんからね。

その意味で、一流の人というのは限られてくると思うのです。ただし、若いときに一流の人を見て、それを志すのはいいと思う。本人が一流になるかならないか、これは天から梯子が降りてくるかどうかでも変わってくるし、誰にもわかりません。

結局、世間的に一流にはなれないにしても、最終的に米長先生がおっしゃったように「おれの人生はよかったかな」といえれば立派なものですよ。

米長　一流というのはかなり限定的なものだということですね。その人が本業としているもので多くの人に功績や業績を認められ、なおかつ、多くの人に感銘を与えたり利益を及ぼした人が一流であると。わかりやすくいえば、その道のスターということですよね。

渡部　そうですね。一流とか二流というのは主観ではなくて、ほかの人の目で見た判断ですからね。その点、その分野のスターといわれる人は一流といっていいでしょうな。

将棋の世界を変えた大名人・木村義雄

渡部　将棋の世界では名人は全部一流だとしても、大名人というのは、素人判断ですけれど、木村義雄ではないかと思うんです。それから相撲では双葉山。ともに全勝時代が長かったでしょう。
米長　双葉山と木村義雄先生、どちらもなかなか負けない（笑）。
渡部　負けないというので当時の日本軍とイメージが重なったんです。だから、われわれの子供の頃は、木村名人、双葉山というのは偶像以上の偶像になっていました。戦争中に負けない人が二人いたわけですよ。
　木村さんが偉かったのは、戦後間もなく一度名人の座から滑り落ちたにもかかわらず、そこから復活して再度名人位を獲得したでしょう。復活してから辞めたというのはすごいと思いました。
　当時の日本人には戦争に負けたショックというのがあって、大横綱の双葉山でもおかしくなった時期がありました。しかし、木村さんは完全に立ち直った姿を見せてから辞めた。あのときの名人戦には日本中の関心が集まりましたね。
米長　そうでしたね。木村義雄先生で思い出すのは、国技館の相撲の一枡《ます》をずっと個人で取っていたことです。一年間借り切るというのは大変ですよ。国技館に木村義雄先生が入ってくると、みんな「木村が来た」と注目していました。

渡部　羽織はかま姿でね。

米長　あれで、木村義雄先生は県知事とか国会議員とか大臣とかと対等という感じになるんです。それまで、将棋といえば阪田三吉の世界で、無学無頼のイメージが強かった。将棋の世界そのものが一流でないというか、大臣と阪田三吉を比べてどちらが上かといえば、やはり大臣のほうが格上じゃないかと。

渡部　ちょっと同席できない感じでしたね。

米長　一緒に口なんか利けないでしょう。しかし、木村義雄先生は枡席を取っておいて、そこに著名人を招待する。ある面では大ボラ吹きなんですね。木村義雄先生と話をすると、何かというと「今度外務大臣に会ったら、よく君のことをいっておくから」なんて（笑）。あまりに堂々としていて、聞いているほうに「この人なら、本当に大臣と友達なのかもしれない」と思わせるところがあった。

当時、木村先生は名人と将棋連盟の会長を兼務していたんですよ。名人で大スターなのに会長ですからね。総理大臣と陸軍大臣を一緒にこなした東條英機みたいなものです。総理大臣なら陸軍大臣の上司に当たるわけですけれど、両方の権力を持っていた。

結局、あまり権力が集中するのはよくないというので、「名人と会長を兼務することはできない」というふうに定款を書き変えることになったのですが、木村義雄先生には定款を変えさせたくらいの力がありました。

渡部　ああいうことができる人は、一流に「超」が付く人じゃないですか。

米長　その世界を変えた人ですからね。まさに大スターですね。

一流の人は揺るぎない信念を持っている

米長　ただ、そういうスターといわれる人たちがみんな一流かというとどうなのか。たとえば、総理大臣は政治の世界でトップを極めた人ですから、当然一流に分類されるべきだと思うのですが、ここ数年の総理大臣を見ていると、とても一流とはみなし難い。

渡部　首相になったからといって一流の政治家とはいえないでしょうね。首相でも三流も四流もいる。私の意見では、戦後の一流首相といったら、なんといっても岸信介、その次が吉田茂。このあたりがスターですね。

米長　その根拠はなんですか。

渡部　まず岸信介は、その後何十年間も続く日米安保という平和の枠組みを築きました。今もわれわれは、岸信介が体を張って大デモに耐えてつくった改定安保の枠組みの中で暮らしているわけです。平和も、経済成長も、すべて彼がつくった日米安保という枠があったから実現したことでしょう。

しかも、あの空前のデモに日々襲われながらやり通したというのは偉業といっていい。政治家とは、こうありたいと思わせる人です。時間がたてばたつほど、彼に匹敵する人がいないことがわかってきますね。

米長　確かにそうですね。吉田茂にしても、信念、信条があって揺らがなかった。私は、揺るぎのないまま一生を全うした人が一流だと思うのです。二流はどうしても揺らいでしまう。先ほど渡部先生がおっしゃったように、悪くないのに謝ってしまうとかね。

渡部　私の吉田茂の評価は岸よりは少し下がりますけれど、一流の政治家であったことは間違いありませんね。

米長　吉田茂が岸より下というのは、どういう点ですか？

渡部　吉田茂は戦後の復興を引っ張ってきた人ですから、確かに一流の政治家には違いありません。ただ、彼は首相を辞めてから後悔するような言葉を残しているのです。「あのとき少し無理でも再軍備しておけばよかった」とね。

この言葉は、朝鮮戦争が起こって、アメリカが日本に再軍備を促したときのことをいっているんです。そのとき吉田は経済を優先して、アメリカの提案を断って、警察予備隊をつくってお茶を濁してしまった。それを悔いているわけですね。「あのときは『経済、経済』といったけれど、やはり再軍備すべきであった」と。

まさしく、そうすべきだったんですよ。どんなに小規模なものでも、軍隊を編成すべきだった。それを「しなかった」ということは、日本人の生存まで外国に委ねるという憲法前文の流れとして、武力も要らないという第九条を認めたわけですからね。

憲法はアメリカから認めさせられたものだから、それ自体に吉田茂の責任は何もないけれど、あとでアメリカが再軍備を求めたときに、すぐに小さな軍隊でもつくっておくべきだった。そして、サンフランシスコ講和条約のあとに憲法を書き換えておくべきだった。その経綸がちょっと足りませんでした。

岸に経綸があったと思うのは、なんといっても彼が満洲国の経済をあっという間に興隆させたことです。満洲は結果として十三年しか続かなかったのですが、当時の地球で一番輝いている地方でしたからね。岸は、その満洲の経済システムをほとんどゼロからつくったといってもいいぐらいです。

それによって岸はA級戦犯容疑で逮捕されるわけです。あのときは絞首台まで覚悟したと思いますが、不起訴になって巣鴨プリズンから出て、その後の公職追放から政界に復帰すると、あっという間に首相に復帰します。そして、安保を改定して高度成長の基礎をつくったのですから、やはり特別だったと思います。

岸は自民党をつくって、党の綱領として憲法改正を掲げるなど重要な仕事をしました。しかし、跡を継いだ連中がさぼって今日に至っている。そういう意味でも、戦後の政治家でいえば彼が一番でしょうね。彼に十年間ぐらい首相をやってもらいたかった。それから戦前でいえば、なんといっても伊藤博文でしょう。

米長　伊藤博文が一流の理由はなんですか?

渡部　立憲君主制度をつくったことです。それは敗戦まで続いているし、立憲制度という意味では、今も続いているわけです。

また、彼は軍隊の位は何も持たなかった。持とうと思えば、いくらでも持てたと思います。陸軍の山縣有朋とはポン友みたいなものですし、むしろ山縣には威張っていたくらいでしたからね。しかし、伊藤はそんなものは要らないと思ったのでしょう。自分は政治家であるという矜持《きょうじ》を持っていたのでしょうね。

岸にしても伊藤にしても、一流というのは、あとになって見ると高い山のように聳《そび》え立って見えてきますね。

米長　そうですね。一流の人というのは、「これが偉い人で一流の人なんだ」と、みんながなんとなくわかっている人だと思います。

一流の人間を育てるには教育を変えなければならない

米長　しかし今、その高い山を若い人に伝えないようにする残念な教育システムになっている。伊藤博文は初代の総理大臣であり、大日本帝国憲法という日本初の憲法を起草して、日本を近代国家にする礎を築くのに大きな功績のあった一人です。ところが、今の教科書では悪人扱いですからね。日本の教科書なのに、伊藤博文を暗殺した安重根のほうを大きく取り上げている。伊藤が韓国総監府の初代総監になって悪いことをしたから暗殺されたのだという虚偽の事実を伝えています。

要するに、日本は悪い国だという見方がまず根底にあって、その悪い国の一番の親玉が伊藤博文だという位置づけになっている。韓国の教科書ならいざしらず、日本の教科書ですよ。こんな教科書で学んでいて、日本の子供たちがプライドを持てるわけがありません。

渡部　むしろ伊藤博文は韓国合併に反対だったんです。そんな重荷を背負ったら大変なことになると考えていたんですよ。

米長　それ以外にも、学問の神様といわれる菅原道真も取り上げられていないし、聖徳太子にしても存在したかどうかわからないというので、ほとんどの教科書に載っていない。これらは直《ただ》ちに是正すべきですね。

私は石原都知事の下で東京都の教育委員をやっていましたので、いろいろな教科書を見てきたのですが、菅原道真を取り上げているのは一社だけでした。当然のことながら、道真が宮中での藤原氏との争いに破れて大宰府に左遷されたことも書かれていないし、京を離れるときに詠んだ「東風《こち》吹かば　匂ひをこせよ　梅の花　主なしとて春な忘れそ」という有名な歌も載っていません。道真が「学問の神様」と称せられていることも、今の日本の青少年は知らないわけです。

道真が「学問の神様」と称せられるようになったことについて、私はこういうふうに捉えているんです。

当時、遣唐使とか遣隋使といったものを中国に送って、大陸の学問文化を学ばせましたね。しかし、実際は無事に帰ってくるよりも、途中で沈没した船が多かっただろうと思うのです。きっと多額な費用もかかったに違いない。それで、菅原道真は遣唐使の廃止を建議するわけですね。道真はそのとき遣唐大使に任ぜられて、唐へ行くことを命じられていたけれど、唐から日本が学ぶものはすでにないと判断したわけです。

　唐は世界の中心のようにいましたが、日本はすでに唐と対等の文化を有しているという認識が菅原道真にはあったのでしょう。だから、これを廃止したわけですね。実際、当時は唐末期で混乱を極めていましたから、行ったところで意味がなかった。道真はそれを見極めていたんですね。そういう認識を示したから、彼は学問の神様と呼ばれるようになったのだと、私は思っているんです。

　そんな重要人物が今の教科書には載っていないのです。

渡部　学問の神様を教科書から外して、みんな天満宮に合格祈願のお札をもらいに行くというのはおかしな話ですよ。聖徳太子にしても、大陸の文書に太子の手紙が載っているのですから、実在しないというよりも、実在してもらっては困ると考える人たちがいるということでしょう。

米長　聖徳太子が教科書に載っていないのも、中国との対等外交を打ち出したからではないかと思うのですよ。しかし、聖徳太子は偉人中の偉人ですよ。

渡部　ずっと尊敬されてきましたね。

米長　一万円札と五千円札という高額紙幣の肖像にもなった人物ですよ。これは偶然でしょうけれど、お札の肖像から聖徳太子が消えて以降、日本の景気が悪くなった。聖徳太子の頃は景気がよかったんです。

渡部　そうでした。

米長　それから聖徳太子の子供はみんな殺されましたね。あれは太子の遺言にしたがったからですよ。聖徳太子は子供たちに「おまえたちは天皇になれるかもしれないけれど、世の中が変わって戦になるかもしれない。戦になったときには、おまえたちが死ねば済むことだから、絶対戦ってはならない」という遺言を残しているんです。だから子供たちは遺言を守って、全員殺されてしまったんです。

実に立派な方ですよ。その太子が教科書に乗っていないと、あの十七条憲法の第一に掲げられた「和を以て貴しと為す」という、日本文化の根底となる和の精神を教えることができません。それを教えたくないと考える勢力があるということですね。

日本の教科書なのですから、日本という国がどんなに素晴らしい国で、どんなに立派な人がいたかということは当然、書かれていなくてはいけない。ところが、今はそういう基本的な記述がない。わかりやすくいうと、先生の年代の日本人、私の年代の日本人が親から代々引き継いできた偉人たちの話がすべてなくなっているわけですね。かつては、「日本にはこういう偉い人がいた、おまえも、そういう人になれよ」と教えられたものですが、今はそれができなくなっている。

その根本をたどれば、敗戦に行き着くわけでしょう。占領軍が日本の復讐を恐れたために、日本人に過度な罪の意識を押し付けようとした。また、日本の中に、それに加担する勢力があったということですね。そうした負の意識を変えていくためには、教科書を変えて、教育の中で変えていかなくてはだめだということですね。それが一流の人間を育てることにもつながると思います。

今の教育の一番悪いのは、本当の日本人を教育するために必要な思想信条という大本が欠けている点でしょう。そこがはっきりしていないから、日本人がだめになってしまった。その大きな原因は教科書にあるということを私は強調したいですね。

そのことを先生の立場、私の立場で、広く世の中の人に知ってもらうことが非常に大事ですね。

渡部　その通りです。なんといっても教育は人間形成の根本にあるものですから、教科書の問題は大きいですよ。

「ぶれない」生き方をどうやって身に付けるか

米長　渡部先生の本業は文学とか英語学ということになるのでしょうが、そのベースには確固たる見識とか思想とか政治的信条といったものがあると思います。そこがしっかりしているから「ぶれない」。ぶれないとは、卑怯な振る舞いをしない。ここが非常に大事ですね。なかなかこういう人はいないんですよ。たいていの人はぶれてしまうか、ぶれたことを隠している。

どうしてそのようなぶれない人間ができあがったのか。少しお聞きしたいですね。

渡部　まあ、単細胞なだけですよ（笑）。

米長　それは言行が一致しているということでもありますよ。だから安心して話ができる。それが先生の一番のいいところだと思う。

渡部　私が一番幸せだったのは、大日本帝国が非常に景気のいいときに生きていた経験があるということです。大東亜戦争を勝ちまくっていた頃を体験していないと、あの高揚感、プライドはわかりません。景気がいいといっても、バブルの頃とは全く高揚感が違っていました。戦後は、日本が全面的に悪かったと教えられたわけだけれど、あの戦争だって植民地の人たちにはどんなに感謝されているかわからない。

戦争が始まるとすぐ、われわれは「東亜侵略百年の野望をここに覆《くつがえ》す」（「大東亜決戦の歌」）という歌を歌いましたが、アジアの植民地解放がいかに偉業であったかと子供にまで伝わっていたんですよ。敗戦のショックもあって戦後しばらくはそれを忘れていましたが、冷静に歴史を振り返ってみれば、「なるほど、アジア人は感謝しているはずだ」と思うようになりました。なぜなら、日本が欧米諸国と戦わなかったら、彼らは半永久的に支配され続けていたはずですからね。彼らには独自に抵抗する力は全くなかったんですよ。

そう思って大学に入ったら、上智大学というのはまた一風変わった大学で、外国人で戦前派の人がいたわけですよ。そうした外国人が「戦前の日本人は立派だった」というのを聞いて、やはりそうか、と確信しました。日本人がそういうのなら別の見方をしたかもしれないけれど、戦前の日本を知っている外国人が「日本は正しかった、悪くはなかった」というのですから、少年時代に身に付けたプライドが損なわれることなく青年時代を送ることができました。これは幸せでしたね。

実際、今の青少年の一番不幸なのは、そこなんです。戦後六十年以上たちますけれど、その部分についての教育がすべて覆されている。それによって間違った歴史観を刷り込まれているところに大きな問題がありますね。

米長　繰り返すようですが、それを変えていくことに日本の将来がかかっていっているといってもいいすぎではありませんね。

将棋のコンピューターソフトと対決する

渡部　米長先生はこれからどのような生き方を目指されるおつもりですか？

米長　七十歳を人生のピークにしようというわけで、将棋で最後の勝負をするという人生設計を描いています。

今、ちまたでコンピューターソフトがプロ棋士を超えるという噂があるんですよ。この間、清水市代女流名人が負けたんですね。十年前の私だったら負けないと思うんです。しかし、今の自分の力では勝つか負けるかはわからない。それでも、今の自分の力で全力を挙げてコンピューターソフトと戦ってみようと思うんです。

渡部　それはすごい。全国の注目を集めますよ。

米長　かつて将棋の世界でこんな出来事がありました。今の将棋連盟の母体になる団体組織に属していなかったプロ棋士が一人だけいたんです。有名な阪田三吉です。それで、阪田三吉が入っていない団体で名人になったからといって、本当の名人といえるのかといわれていたわけです。

その後、いろいろないきさつがあって、阪田三吉が名人戦の、今でいえばA級リーグに参加することになりました。そのときの彼の年齢は、六十八歳だったと思います。

結果はというと、二年間のリーグ戦で八勝八敗でした。しかし、A級リーグ戦で八勝八敗の指し分けというのは大変なものです。

とくに、阪田はその頃、事実上引退しているようなものでしたからね。今の私と同じような状況に置かれていたわけです。彼は現役を退いて空白があるのを承知の上で、もう一回、戦っているんです。

この阪田と同じことを、私は人間相手じゃなくてコンピューターソフトを相手にしてやってみたいと考えているのです。コンピューターソフトと勝つか負けるかの勝負をしてみたい。どういう結果が出るかはわかりませんが、勝てばみんなに驚きと夢を与えることができるかもしれない。あるいは、負けてがっかりさせることになるかもしれない。その功罪がどうなるのかはわかりませんけれど、やってみようかと。これは七十歳になる前、できれば今年の秋にでもやりたいと考えています。

渡部　それは楽しみですね。ワクワクする話です。

人生の最後に目指すもの

米長　これは将棋盤の上での私の最後の大きな勝負です。あともう一つ考えているのは、将棋連盟の運営とかそういうふうなものを後輩に任せられる形をつくること。これがなかなかできないのです。

　できない理由の一つは「後継者がいないから米長さんがやらなければだめだ」という人が結構いるということ。でも、いつまでも私が会長を続けるわけにはいきませんから、自分が会長でいるうちに後継者を育てたいと思うんです。

　そして、そのあとの人生をどう生きるのか。これが実は私の一番の課題です。できるならば、自分が持ち合わせている思想や信条を広めていくような生き方をしたいと思っています。私が正しいとか、すぐれているとかいうつもりはないのですが、私は自分の考え方に相反するものが、いろいろな分野で出てくることが嫌なんですよ。

渡部　たとえばどういうことですか？

米長　具体的に一つ挙げると、私は「人生はアナログであって、デジタル機器におぼれていてはだめだ」という考え方を持っているのです。今日もたびたび話に出てきましたが、インターネットで検索するよりは辞書を引け、と。時間はかかるけれど、その無駄と思える時間の中に真実を引き出してくる力が芽生えるのだと思う。そういう勉強の仕方は、古今東西、どんな世の中になっても変わらないはずです。

そのような人間の根幹を成すような考え方について、今は教育システムにしても、教育の内容にしても、どうも私の考えとは違っているんですね。だから、自分の考えを伝えて、共感してくれる人を増やしていきたいのです。

幸いなことに、最近の若者と話していると、同じような考え方の人が増えてきたなという感じがします。だから、これからは若者のそばで生きていきたいなと思う。時には「頑固じいさんだな」といわれるかもしれませんが、私は何か若者に好かれていくような気がするんですよ。

渡部　私も三十年以上、論争のある世界で生きてきましたけれど、確かに風向きが大きく変わりましたよ。

最初の頃は、国会議員が「国連なんて田舎の信用組合の集まりみたいなもんだ」といっただけで、「議員を辞めろ」なんていわれていましたからね。法務大臣が憲法改正を口にしたら、すぐに首ですよ。つい数年前までは、「日本も核兵器を持て」なんていったら一巻の終わりでした。

ところが、近年はそれがどんどん変わってきています。今は憲法改正を唱えても文句は出ないし、核兵器の保持についても、議論ができる程度には平気になってきています。一番わかりやすいのは南京虐殺ですよ。以前は「南京虐殺はなかった」なんていったら人でなしみたいに非難されたものですが、今は議論をふっかけてくる人もいなくなりました。

明らかに時代はいろいろな部分で変わってきましたよ。かつてタブーとされたことがそうではなくなっている。その点では、これからの日本の若者たちに期待したいと思います。

米長　そうですね。先に教科書の話をしましたが、最新の歴史と公民の教科書では、やっと教科書会社八社すべてが北方領土や竹島、尖閣列島が日本固有の領土であることを明記しています。当たり前なのですが、このような流れをさらに広げていかなくてはいけませんね。戦後の間違った教育で途切れてしまった日本の正しい歴史をもう一度甦らせなくてはいけません。そして、たくさんの素晴らしい日本人がこの国をつくり上げてきたことを子供たちに教えたい。それによって切れてしまった日本人の絆を結び直したい。

義に生きる

米長　私の持つ思想・信条は、これまで一回も曲がったことがないのですよ。おそらく二十幾つのときから今まで曲げたことがないし、曲がったこともない。

渡部　その思想・信条というのは端的にいえばどういうことですか。

米長　一言でいえば「義を重んじる」ということです。男の生き様というのは義を重んじるものでなければならないと思っているんです。

この義というのは、場面によって違います。たとえば、忠義という義がある。殿様の一大事に命を捨てても尽くすというのは忠義ですね。恩返しといってもいいかもしれません。それから正義、社会正義というものもある。大義、大義名分というのもありますね。

このように義によって表わされるものは場面によって違いますけれど、おそらく、戦後の日本で一番失われたものが、義ではないかと思うわけです。したがって、日本を再興するためには、この義というものを日本人がもう一度思い起こし、見つめ直すことが欠かせないと思います。

だから、義を重んじる生き方を一人でも多くの人にわかってほしい。そういう生き方の大切さを伝えていきたいです。

日本人としてのプライドを取り戻す

渡部　本来、日本人というのは江戸時代以来の心学の影響で、自分を高めるということに熱心なんですよ。心学というのは、神道であろうが儒教であろうが仏教であろうが、いいところがあればそれを取り入れて自分を磨くために役立てましょうという考え方です。これは日本の思想の非常にユニークなところで、心というものがあって、その心とは玉みたいなものだと考えるのです。そして、その玉を磨く「磨き砂」は、儒教を使ってもいいし、神道を使ってもいいし、仏教を使ってもいいじゃないか、と。要するに、心が磨ければ何でもいいというわけです。これはすごい発想で、いかなる外国の宗教にもない。

たとえば仏教なら仏様の道でしょう。神道なら神様、儒教なら孔子様、キリスト教ならキリスト様、イスラム教ならマホメット様ですね。その教えはバラバラで互いに矛盾しているかもしれないけれど、皆、いいことをいっている。これを玉のほうから見れば、ああ、役に立つなら何を使って磨いてもいいじゃないか、ということになる。こういう発想が日本人にはある。これは人間学の基礎でもありますね。

米長 しかし今の教育は心を磨くというより知識を詰め込むようになっていますね。

渡部 教育勅語までは心学、人間学の流れがあったんです。ところが戦後教育基本法をつくったとき、そこには勅語とダブる内容は必要がないじゃないかと考えた。それはいいのですが、その後間もなく教育勅語は廃止されてしまったから、結果的に二輪車だったのが一輪車になってしまった。そこに大きな問題がありますね。

米長　平凡な言い方ですけれど、お天道様が見ているから、ご先祖様が見ているから、という意識がなくなってしまったわけですよね。昔の日本人はそれでハッとしたわけでしょう。

渡部　そうですね。そういう意識があれば十分であって、むしろ特定の宗教に変にのめり込むほうが危険なんです。

米長　でも、先生はクリスチャンですよね。それは矛盾しないのですか?

渡部　それは相反しないんですよ。曽野綾子さんだってそうでしょ。国境を越えて立派な教えが来たから役立てているというだけです。国境を越えたのだから国境はいらないというのではないんですね。まあ、神父さんになる人は、国境はいらないというかもしれませんが。

米長　先生の場合は日本という国に生まれたことへ感謝の心があるわけですか。

渡部　私は非常に素朴にいって、戦前の教育は正しかったと思っているのですよ。

米長　それはどういう意味で？

渡部　日本がいい国だということですよ。戦前はそういう教育をしていました。だから、子供の頃に日本人に生まれたことに胸ふくれるようなプライドがあったんです。

米長　ああ、それは非常に大事なことですね。

渡部　日本に比べれば今のイギリスの王朝なんかつい最近できたようなものですけれど、それでもイギリス人が高いプライドを持っているのは、自由という観念は自分の国からできたという意識があるからです。

アメリカだって、あんなに人種差別がひどかったにもかかわらず、独立宣言の「すべての人間は平等につくられている」という理念がアメリカだという誇りがある。だから、われわれから見ると大義のないつまらない戦争にも兵士が出かけていって死んでいるわけです。

他の国もみな、基本的には同じです。自分の国はいい国だという人が圧倒的にいなければ、その国はもたないですよ。たまに欠点を指摘し続ける人がいる分には、ボタ餅に塩が入るくらいのものでいいのですが、みんなが塩になってはだめです。戦後はみんな塩になってしまっている。だから私は砂糖になろうというわけです。

米長　なるほど。それは私も同意見ですね。

あとがき〜大地震のあとで起こったこと

米長　邦雄

三月十一日午後、千年に一度ともいわれる東日本大震災の起こった当日、私はホテルニューオータニの三十七階で、渡部先生と本書の対談を行っていた。尋常ではない揺れに大変な事態が発生していることは直感したものの、それは私の予想をはるかに超えるものだった。以来、連日マスコミで報じられる情報を目にするにつけ、心が痛む。不幸にして一万五千名近くの方がなくなり、いまなお多くの方が行方不明のままになっている。被災された皆様には、この場を借りて心よりお見舞い申し上げたい。

地震の当日、日本将棋連盟ではリーグ戦の大事な対局が行われていた。地震直後は一時外に避難するなど、現場は騒然としたようだ。大きな余震が来る怖れもある中、対局を続行するか中止するかという判断が将棋連盟会長の私に託された。おそらく

「こういう環境では将棋は指せない」という意見もあるだろうし、「対局中だから、そのまま続行させるべきだ」という意見もあると思われた。どのような決定をしても百%賛成されることはないとわかっていた。

ここで私がとるべき行動は、続行か中止かを速やかに決定し、その決定に対して責任を取ることであろうと考えた。その結果、私は、「夕方六時から休憩なしでやる」という決定を下した。

「もしも大きな余震が来たらどうするのか?」という質問があった。それに対して、私はこう答えた。

「逃げ出すのも自由、将棋盤の前から動かないのも自由。帰った人は負けにする。もしかすると不測の事態が起こるかもしれないが、将棋盤の前で死ぬというのは将棋指しにとって本望だろう。あとは個人で判断して決めてください。対局は続行します」

命が欲しいか、勝ち星が欲しいか、どちらか勝手に個人で決めてくれという決定を下したのである。これは間違っていなかったと今でも思っている。

さて、あの大地震はその後も日本将棋連盟に大きな影響を及ぼし、将棋界はピンチを迎えることとなった。三月に予定されていた三つのイベントのうち、民間企業と地方公共団体が主催する大きなイベントの中止がすぐに決まった。

問題は残ったもう一つのイベント、日本将棋連盟が主催する「小学生名人戦」の開催の是非判断であった。この小学生名人戦は西日本大会と東日本大会に分かれ、全国都道府県の代表が集まって名人位を争う。将棋を愛する全国の小学生たちにとって、高校野球の甲子園大会にも匹敵する大きな大会である。代表となる小学生のほとんどが五年生（新六年生）であることもあり、まさに一生に一度の大会なのである。

この小学生名人戦の東日本大会をどうするかが緊急の問題となった。被害の大きさから東北の代表は参加できない可能性もあったが、熟慮の結果、われわれはこれを予定通り開催することに決定した。

開催の発表をすると、将棋連盟には抗議の電話がかかってきた。どうしてこの非常時に開催するのか、将棋なんてしょせん遊びだろう……抗議の内容はおおよそこのようなものであった。それに対して、将棋連盟で三月十四日に次のような声明文をホームページに発表した。

*

文化は前進する（大地震に対する日本将棋連盟の姿勢）

この度の東北地方太平洋沖地震は各地に信じられない被害をもたらしました。亡くなられた方々へお悔やみを申しあげます。被害も最小限にとどまるよう祈っております。

日本将棋連盟は義捐金三千万円を寄付させて頂きます。

春は甲子園の選抜高校野球と将棋界の小学生名人戦は青少年の夢の実現の二大イベントです。

被災地の方々の心情に思いを至す時、野球や将棋をやって良いのかというご意見もございます。

社団法人日本将棋連盟は未来へ向けて青少年が夢を果たそうとする姿を見ていただく事こそが、多くの方々を勇気づける筈と固く信じております。小学生名人戦は予定通り東が三月二十日・二十一日、西が三月十九日・二十日に行われます。

甲子園に於いても大歓声がこだまする事が人々に勇気を与えることと存じます。

弊社団は今回の大惨事に対して何が出来るかを検討中です。

全国の将棋ファンに呼び掛け、プロ棋士・女流棋士の力を合わせてお役に立つ事を考えております。

＊

将棋は遊びではない、文化であるというわれわれの姿勢を鮮明にし、同時に、代表に選ばれていたものの東京に出てくることのできない参加者に対しては、情勢が落ち着いた段階でプロ棋士が直接出向いてマンツーマンで将棋を指すことを約束し、今回は不戦敗ということでご理解いただいた。

この決定に際し、私は十六年前に起こった阪神淡路大震災を思い出していた。地震が起きたとき、私は谷川浩司王将と順位戦を戦っている最中だった。そのときのことを『週刊文春』に書いた文章がある。全文を掲載してみよう。

＊

「前ページで大震災の最中に谷川浩司王将と順位戦を戦った話をした。

この非常時に何たる事か。のんきに将棋なぞを指している状況ではあるまいに、と言う方もいらっしゃるかもしれない。

しかし対局は棋士の命である。

ところで、この大惨事に我々は何ができようか。ささやかな義援金を差し出して、とにかく被災者の方々の一刻も早い立ち直りを祈るばかりである。

こういう状態であるから諸々の行事が中止になっている。春のセンバツ高校野球も中止になるといううわさである。

時節柄、好ましくないとの判断だろうが、しかしこれは大きく間違っている。

震災からの復興に必要なものは何かと言うと、それは先立つ金であり、日本の国力、技術力であり、また周囲からの温かい援助であろうかと思う。

しかし一番大切なことは何と言っても心の復興であろう。子供の遊ぶ声、笑い声ほど心のなごむものはない。

高校球児が甲子園の中で繰り広げるその熱戦、そして汗と涙ほど人々を勇気づけるものものないだろう。

こういう大事なイベントを中止するということがそもそも間違っているのではあるまいか。

若人に夢を持たせて、そして心からの復興を心掛けねばならない。

私と谷川王将が順位戦を戦ったのも、この苦しい最中にあっても人々に感動が与えられるような対局をするがためのことなのだ。また、その評価を受けてこそ幾らかの対局料が頂けるのである。

天地を揺《ゆる》がすような大歓声が甲子園からこだまするすることこそ、神戸の人々が一番求めているものと信じている。

春のセンバツ高校野球はぜひとも挙行すべきである。」

＊

あの大震災時にこのような文章を書いていた将棋連盟会長である私が、もしも今回の小学生名人戦を中止にしたとすれば、言葉の矛盾を非難されてしかるべきだろう。所詮将棋は遊びなのだと自ら認めてしまうことになるからだ。だからこそ、われわれは「文化は前進する」という声明を発表し、将棋連盟の姿勢を明確に示すとともに、小学生名人戦を予定通り挙行することを決定したのである。

ただし、この決定はその翌日に急遽修正されることになった。三月の開催を六月に延期することにしたのである。それを決めたのは、開催を決定した当の私である。朝令暮改といわれても仕方ないが、これは、その時点のさまざまな情報を検討した結果、福島第一原子力発電所の放射能漏れの拡大が否定できないという結論に達したためであった。

日本を元気づけるために小学生名人戦は中止するべきではない。一方で、棋士が将棋盤の前で死ぬのはいいとしても、全国から集めた未来のある小学生を巻き込んではいけないと判断したのである。

将棋は文化である。だから、延期はするが、われわれは自信を持って大会を開催する。それと同時に、被災地の方々に対して精一杯の義援金も寄付する。また、五月には「がんばろう日本！　チャリティー将棋」を開催することも決定した。文化の一翼を担う者として、われわれは為すべきことをすべて行うつもりである。

今回の大震災は、被災地はいうまでもなく、日本人全体に大きな衝撃を与えた。いまだに大きな余震が続き、また原発の問題もあって、落ち着かない日々を送ることを余儀なくされている。しかし、そんな中、パニックに陥ることなく冷静に対応し、お互いに譲り合い助け合う日本人の姿勢は海外に驚きをもたらし、多くの称賛とともに高い評価を得ている。領土問題を抱え、角突き合わせる関係にある中国や韓国、ロシアなども、日本の復興に積極的な援助協力を申し出ている。

われわれは今回の天災を不幸な出来事として簡単に片づけてはいけない。日本には「雨降って地固まる」という昔からの諺《ことわざ》もある。心ならずも亡くなった数多くの方たちの無念を忘れることなく、日本再興へ向けて一致団結しなければならない。これは日本人一人ひとりに与えられた責務であると思う。

私も一人の日本人として、また日本将棋連盟の会長として、精一杯尽力する覚悟である。それこそが私なりの人生の流儀の発露であると信じている。

平成二十三年五月

〈著者略歴〉

渡部昇一（わたなべ・しょういち）

昭和5年山形県生まれ。30年上智大学文学部大学院修士課程修了。ドイツ・ミュンスター大学、イギリス・オックスフォード大学留学。Dr.phil.,Dr.phil.h.c. 平成13年から上智大学名誉教授。幅広い評論活動を展開する。著書は専門書のほかに『子々孫々に語りつぎたい日本の歴史２』（致知出版社）など多数。

米長邦雄（よねなが・くにお）

昭和18年山梨県生まれ。東京都立鷺宮高等学校卒業。31年佐瀬雄次に入門。46年8段、54年9段。タイトル獲得19回、優勝16回。60年永世棋聖。平成5年名人。15年史上4人目の1100勝棋士。同年現役棋士引退。17年から日本将棋連盟会長。

生き方の流儀

平成二十三年五月三十一日第一刷発行

著者　渡部　昇一
　　　米長　邦雄

発行者　藤尾　秀昭

発行所　致知出版社

〒150-0001 東京都渋谷区神宮前四の二十四の九

TEL（〇三）三七九六―二一一一

印刷　㈱ディグ　製本　難波製本

落丁・乱丁はお取替え致します。（検印廃止）

ISBN978-4-88474-927-9 C0095

ホームページ　http://www.chichi.co.jp

Eメール　books@chichi.co.jp